徳間文庫

死にたがる女

笹沢左保

目次

死者は瓜二つ

1

井戸吾郎警部は、夢を見た。

夢とはもともと不思議なものだが、どうしてあのような夢を見たのか井戸警部にはわからない。もちろん、正体不明の人間ということではなかった。

だが、名前も知らないし、口をきいたこともない女であった。そういう女が、夢の中に出現したのである。ただ黙っていて、行動することもない。

夢に見る必然性のない女が脈絡もなく不意に夢の中に現われて、何も言わずに間もなく消えてしまった。ああいうのを夢枕に立つと表現するのかと、井戸警部はいささか気になった。

現在の井戸吾郎は、警視庁捜査一課の強行犯捜査八係の係長というポストについている。だが、六年前の井戸吾郎はまだ、中央南署の刑事課にいた。井戸の階級も、警部補であった。

その日、東京駅の八重洲口の近くのホテルから、若い女の宿泊客が浴室で死んでいるという一一〇番通報があり、所轄の中央南署で調べることになった。井戸吾郎も、ホテルへ急行した。

若い女は前日の夕方にホテルを訪れて、八五〇号室の客となった。八五〇号室はツインの部屋だが、女のほかに誰かが泊まった形跡はない。

若い女はフロントで、一泊だけと明言している。それにもかかわらず、翌日の午後になっても八五〇号室の客はチェックアウトをしなかった。

午後三時から三十分間、フロントは八五〇号室へ電話を入れる。だが、応答はない。午後四時になって客室係とフロントマネージャーが、マスターキーを使って八五〇号室へはいった。

そしてバスルームで、客が死んでいるのを発見した。客は荷物らしい荷物を、持っていなかった。バッグのほかには、所持品がゼロであった。

バッグにしても、中身は二万円入りの財布、ハンカチ、ティッシュペーパー、それに口紅だけであった。ほかに多分、果物ナイフが入れてあったものと思われる。

若い女の客は、果物ナイフで心臓をひと突きにするという壮絶な死を遂げていたからである。果物ナイフは、ホテルの備品ではない。この客は一度も、ルームサービスを頼んでいないのだ。

果物ナイフは、客が持ち込んだものである。バッグの中に、忍ばせてあったのに違いない。若い女は初めから死ぬつもりで、ホテルの客になったのだろう。つまりホテルに、死に場所を求めたのであった。

女はバスタブに湯を張り、何ひとつ脱がずに身体を沈めている。スーツ、ブラウス、ブラジャー、下着、パンティーストッキングも身につけたままだった。例外は、靴だけということになる。

湯の中で、果物ナイフを心臓に突き立てたのである。死亡推定時刻は、前夜の九時より前という結果が出た。女はホテルにチェックインして、数時間のうちにあの世へ旅立ったのであった。

バスタブの中の水は、真っ赤に染まっていた。果物ナイフは深々と、心臓を突き刺したままになっている。即死状態のせいか、苦悶《くもん》した様子はない。

女の顔は、透き通るように白くなっていた。マネキン人形を、連想させる。髪の毛は、セミロングである。井戸吾郎は、死者の顔をしみじみと眺めやった。

安らかに、眠っているように見える。清らかで、美しかった。目をつぶっているのも、自然に感じられた。二十代半ばとすれば、若い女には違いない。しかし正確には、年齢不詳ということになる。

それにしてもなぜ、浴室のバスタブに湯を満たし、その中で死を遂げたりしたのか。そのことについては、これ以上ホテルに迷惑をかけまいとする心遣いだったと推察された。部屋の絨毯《じゅうたん》や壁を、血で汚さないようにしたのだ。

浴室内であれば、血は簡単に洗い落とせる。実際に湯の中で心臓を突き刺したため、浴室の壁にも血は飛び散っていなかった。死者にはそうしたギリギリの分別が、働いたものと思われる。

部屋のドアには、チェーンによるロックがなされていた。チェーンを切断したのは、フロントマネージャーの指示を受けた客室係だった。

それまでの八五〇〇号室は、完全な密室状態にあったのである。何者かが、出入りした可能性はない。したがって、他殺ということはあり得なかった。

遺書はないが、自殺と断定された。自殺ということで、刑事課の出る幕ではなくなった。この自殺騒ぎは、刑事課の井戸吾郎たちの手を離れたのであった。

だが、井戸吾郎にしても気にはなる。それで、その後も自殺した若い女について、何か情報があれば真剣に耳を傾けた。ただし、井戸吾郎たちを安心させるようなニュースは、一向に聞こえてこない。

いつまでたっても、身元不明のままなのである。

ホテルの宿泊カードにあった住所も名前も、実在しなかった。身分が明らかになるようなものは、何ひとつ所持していない。死者が身にまとっていた衣服は、全国で市販されていて、買った人間を特定することは不可能だった。

靴、バッグ、財布、口紅、ハンカチ、果物ナイフなども同様であった。死者の身体に傷跡、手術の痕跡《こんせき》、珍しいホクロやアザといった特徴も認められなかった。

身元を調べる手がかりが、まるでない。東京、関東、中部、東北地方では新聞の記事になっている。その他の手段でも、広報に努めた。

しかし、ついに反応はなく、家出人や行方不明者にも該当しなかった。完全に、身元不明であった。死者は無縁仏として、都営の霊園に納骨された。

「日本人が、日本で死亡したんでしょう。それなのに身元がわからないっていうのは、何とも不思議ですね」

「背筋が、寒くなる」

井戸吾郎と刑事課長は、そんなふうに話し合った。

「肉親、親類縁者、友人、学校の同級生、先輩後輩、勤め先の同僚や上司、近所の人たちと、彼女を知る人間はかなりの数だと思いますよ」

「そういう人たちが、ひとりとして彼女の死に気づいていない」

「偶然、そうなるんですかね」

「そうだな。たまたま、彼女の死に関する情報に誰も接していないとか……」

「しかし、自殺したんですからね」

「自殺には原因があり、原因は人間関係から生ずる」

「彼女の自殺に何らかの形で、かかわりを持っている人間だったら、気がつくんじゃないんですか」

「自殺はともかく、行方不明になったことには気づくだろうな」

「どうして、そのことを警察に届け出ようとしないのか」

「都合悪いことがあれば、届け出ないで沈黙を守るさ」

「そうだとしたら、薄情を通り越して冷酷ですよ」

「彼女は永久に、無縁仏でいなければならないんだからな」

「彼女も、浮かばれませんよ」

「むなしいね」

「やりきれなくなります。こういうことがないように、国民全部が指紋を登録すればいいんですがね」

井戸吾郎は、長く吐息した。

「自殺者の中には、身元をわからなくしたがる例が少なくないしね」

刑事課長は、井戸吾郎の肩を叩いた。

この直後に井戸吾郎は抜擢《ばってき》されて、本庁の捜査一課に勤務することになった。そうしたこともあって、井戸吾郎の脳裏から身元不明の自殺者の記憶が、次第に薄れていったのである。

四年後には、警部に昇進する。去年になって急に係長に欠員が生じたことから、またしても井戸警部には幸運がもたらされる。井戸警部は四十歳で、強行犯捜査八係の係長の椅子《いす》にすわったのだった。

ところが昨夜、夢の中に突如として彼女が現われた。Xとしか呼びようのない彼女は、夢の中でもただ黙って立っていた。時間にして、十数秒だろうと思われる。

Xは消えてしまい、別の夢に移っていた。Xの服装などは、いっさいわからない。だが、目が覚めてからもXが夢に現われたことは、はっきりと記憶している。

今日、出勤した井戸警部は記録室へ、足を向けずにいられなかった。井戸が手にしたのは、身元不明死体票であった。これには警視庁管内で死亡したうえ、いまもって身元が明らかにならない無縁仏の記録が、残らず集められている。

Xたる彼女のカードを、井戸は見つけ出した。六年ぶりの対面だが、井戸はXの死に顔しか知らないのだ。発見されたときも、この記録の写真でもXは死体でいる。

そんな彼女がなぜ、井戸の夢の中に登場したのか。井戸は五年以上、彼女のことを思い出してもいないのだ。それなのにいきなり、彼女は井戸の夢の中に現われたのである。

夢の中のXは、生きていたような気がする。表情は動かず無言であったが、Xは目を開いていた。Xは夢の中で、井戸のほうを見ていたように思えてならない。

しかし、現実のXは死者であり、いまだに身元不明なのだ。死後六年が経過しているのに、なお身元がわからないとなると、今後も絶望的といえる。

何とかしたくても、可能性はない。Xが先祖代々の墓に葬られるチャンスは、永久に失われたのである。Xは未来永劫《えいごう》、無縁仏でいなければならない。

美人だったと、井戸警部は思う。それだけに、Xが哀れになる。同時にXの夢を見たことに、井戸はこだわらずにいられない。安らかに眠ってくれと、井戸は死体票のXの写真に手を合わせた。

井戸は、捜査一課の大部屋に戻った。大部屋は強行犯捜査三係から九係までの総勢八十人が、同居しているブロックだった。井戸警部は藤波管理官の席に寄って、昨夜の夢の話を打ち明けた。

「どうしてなんですかね」

井戸は、首をかしげた。

「二、三十年前の知り合いが、日ごろ思い出したこともないのに、ひょいと夢に出てくるのは珍しい話じゃない」

藤波管理官は、そう答えた。

管理官というのは、捜査一課長と各係長との中間のポストであった。管理官は係長に、日常の指示を与える。事件が発生すれば、管理官が直接の捜査責任者となる。

係長を経験している捜査のベテランで、階級は警視だった。捜査一課の顔ともいうべき管理官三人が、強行犯捜査係を掌握している。殺人事件を、輪番制で担当する。

「別に、夢枕に立ったってわけじゃないですが」

井戸は、無理に笑った。

「そいつは、わからんよ」

藤波管理官は、真剣な面持ちでいる。

「被害者《ガイシャ》が夢枕に立ったってこと、管理官にも経験がありますか」

「いや、被害者が夢枕に立って犯人《ホシ》を教えてくれたなんてことは、一度もなかったんじゃないかな」

「そりゃあ、そうでしょう」

「だけど、ホトケさんが教える、ホトケさんが知らせる、ホトケさんが呼ぶってことはあるだろう」

「それは、よくあります」

「夢に現われた身元不明の自殺者も、きみに何やら訴えたかったんじゃないのか」

「ですが、殺されたわけじゃないんです。彼女は間違いなく自殺したんですから、いまさらこの世に未練はないでしょう。訴えかけることなんて、ないはずです」

「身元をきみに、教えたかったのかもしれないぞ」

「ホトケさんが教える、ですか。だったら、もっと早い時期に夢に出て来たっていいでしょう」

「これまでは、その必要がなかった。しかし、近いうちに身元が判明するって、きみに知らせたかったんじゃないか」

「どうも、非科学的すぎる話になったようですね。警察庁の科学研究所やうちの鑑識に、怒鳴られそうですよ」

「今日、明日のうちに、何か起きるんじゃないのかね」

藤波管理官は、ニコリともしない。

「脅かさないでくださいよ」

井戸はあわてて、管理官のそばを離れた。

あるいは何か起きるのかもしれないと、井戸警部にもちょっぴりだが予感めいたものがあったからである。それくらい井戸の胸には、Xの夢を見たことが引っかかっていたのだった。

当然のことだがそんな井戸警部だろうと、予感が的中するという確信までは抱いていなかった。

2

井戸警部が六年ぶりに写真でXと対面したのは、九月二十六日のことであった。

その夜、杉並区宮前六丁目に住む男は、九時ごろに帰宅した。ひとりではなく、女を連れていた。男と女はＪＲ中央線の西荻窪駅から、約九百メートルの夜道を歩いて来た。目立つようなことはしないので途中、通行人に顔を見られたりもしなかった。

男の家は、建売り住宅だった。敷地が三十坪で、とても広いとはいえない二階家である。小さな門扉と玄関のドアを、男は取り出した鍵であけた。

男はいちおう、独りで住んでいるのだ。真っ暗な家の中に、男は電気をつけて回った。階下に、この家で唯一の洋間があった。男はそこを応接間のつもりでいるが、三点セットとフロアスタンドのほかには何にもない。

「どうぞ」

男は女を、洋間に招じ入れた。

「お邪魔します」

女は室内を見回してから、ソファに腰をおろした。

九月の下旬にしては、薄ら寒い気候だった。それでガラス戸をあけて、空気の入れ替えをしようという気にならなかった。カーテン、ガラス戸、金属製の雨戸が閉じられたままである。

いわば、密室であった。しかし、ガラス戸などをあける必要がないということで、女は密室である点を意識しなかった。いったん姿を消した男が、応接間に戻って来た。

「喉《のど》が渇いたんじゃない？」

テーブルのうえに、男は大型の盆を置いた。ビール二本、コップ二つ、それにポテトチップを運んで来たのだ。

「酔うほど飲んでいませんけど、喉が渇くんですね」

女は、無表情でいる。

「ぼくのほうは、酔いが残っているけど……」

男は二つのコップに、ビールを注いだ。

「ありがとうございます」

頭を下げたあと、女はビールに口をつけた。

「だけど、まさに奇遇だね」

男はコップの底を、天井に向けた。

「ほんとに、驚きました」

「偶然にしろ、神仏のお引き合わせだと思ったよ」

「あの品川駅前のホテル、よく利用するんですか」

「それが初めてだったんだから、偶然というのは恐ろしい」

「そうですね」

「勇退する校長の送別会ってわけで、たまたまあのホテルでささやかなパーティーを催したんだ。パーティーが終わったあと、四、五人の先生たちと一緒にホテルのバーに寄った。そうしたら、きみがひとりでポツンとカウンターにいた」

「あのときは、驚いたわ」

「ぼくも初めは、信じなかった」

「わたし、よく似ているけど別人だって思いました」

「きみが東京のホテルに泊まっていて、メイン・バーで一杯やっているなんて、夢にも思わなかったもの」

「わたし好奇心から一杯だけカクテルを飲んでみようって、何となくバーに寄ってみたんです」

「そもそもそれが、神仏のお引き合わせの準備を整えたってことさ」

「ほんと、腰を抜かしそうだったわ」

「奈美子さんって呼びかけようとしても、すぐには声が出なかったよ。心臓が、破裂しそうだった」

「まさか……」

「いや、どうにかして一度、きみに会いたいと思っていたからね。それだけに、嬉しかったんだよ」

「相変わらず、口がうまいんですね」

「ほんとなんだ。きみのことが、忘れられなかった。きみとはいつも、夢の中で会っていた。こうやって独身でいるのも、きみのせいだよ」

「わあ、殺し文句」

「奈美子さん、いくつになったの」

「二十五です」

「そうなると、六年半ぶりの再会っていうことか」

「小塚さんは、三十四になったんでしょう」

「そう」

「何もかも、むかしのことですね」

「奈美子さんは何度も、上京して来ているのかな」

「いいえ、今回が初めてです」

「何のために、東京に来たの」

「目的は、まるでありません。独身時代の最後の旅行をしようって、思いついた遊びですから……」

「銀行に、勤めているっていう話だったね」

「ええ」

「そんなに何日も、休暇が取れるの」

「二十三日が秋分の日、二十四日が土曜日、二十五日が日曜日とこの三連休を利用したんです。休暇は、今日と明日だけ」

「四泊五日とは、豪勢だな」

「一生に一度、ひとりだけで旅行するんですもの」

「正直なところ、きみはぼくとの思い出を求めて、またそれに別れを告げるために、ひとりで東京へ来たんじゃないのか」

「冗談でしょう。小塚さんって、そこまで自惚《うぬぼ》れているんですか」

女は初めて表情を変えて、侮蔑《ぶべつ》の色を隠しきれない顔になっていた。

「小塚さんって呼び方は、やめてくれないか」

男は、薄ら笑いを浮かべた。

「過去の人なんだから、他人行儀な呼び方は当たり前でしょ」

女は、バッグを引き寄せた。

「過去にしろ、ぼくはきみの初めての男だったんだ。処女を与えたぼくのことを、忘れられるはずがない」

男の目つきが、異様な熱っぽさを増していた。

「古臭いことを、言わないでください。いまのわたしには、婚約者がいるんです。十一月には、結婚するんです。あなたなんて、思い出したこともありません」

女はソファの端へ、尻を滑らせた。

「きみは忘れたって、きみの身体が覚えているさ」

男は、腰を浮かせた。

「そばに、こないで！」

女は、バッグを振り回した。

「奈美子、愛しているんだ」

男は女に、飛びかかった。

「やめて！」

女は立ち上がって、部屋のドアへと走った。

「奈美子！」

男は後ろから、女を羽交《はがい》締めにした。

「誰か、助けて！　人殺し！」

女は、大声で叫んだ。

　無人の家であり、屋外にも声は聞こえない。女はここが密室であることに、ようやく気づいていた。しかし、すでに手遅れだった。長身で筋肉質の男の身体が、女の抵抗を完全に封じていた。

　男は女に、足払いをかけた。男と女は、重なって絨毯のうえに倒れ込んだ。女はフロアスタンドを、足で蹴っていた。フロアスタンドが、大きく揺れる。

　男は女の顔に、平手打ちを往復させた。女の悲鳴がやんで、激しい息遣いが残った。男は強引に、女のスカートをまくり上げた。だが、スカートはきつくて、男の意のままにならない。

「むかしみたいに、おとなしくしているんだ」

　男は、スカートのファスナーをはずした。

「お願い、やめて！　わたし、二カ月後に結婚するんです」

　泣いた顔で、女は哀願した。

「黙っていれば、それですむだろう。とっくに、処女ではなくなっているんだ」

　男は一気に、スカートを引きおろした。

「いや、いやよ！」

　女は必死で、上体を起こそうとする。

「あのころは、抱いてくれってきみのほうが迫ったじゃないか」

男はソファのクッションを、女の顔にあてがって押し倒した。

そうしながら男の右手はパンティーストッキングを、引きちぎるような勢いで脱がせにかかっていた。女は両腕を振り回し、両足で蹴りつける動きを繰り返している。

「やめて、やめてえ！」

女のくぐもった叫び声が、苦しそうに聞こえてくる。

やっとのことで、丸まったパンティーストッキングが女の足首から抜け落ちた。続いて女のショーツが、弾かれた紙屑《かみくず》のように空中に舞った。

女は、暴れている。しかし、顔のうえのクッションが、女の呼吸を困難にさせていた。逆らうよりも、クッションを取り除くことを、女は優先している。

「ここは、ぼくのことを忘れていないさ」

男は露出した女の股間《こかん》に、手を押し当てていた。

「きゃあ！」

殺されそうな声を出して、女は激しい抵抗を再開した。

だが、男の下半身が、女の両足の動きを制圧した。女の太腿《ふともも》に跨《また》がって、男は片手でズボンをおろした。女の顔のうえから、クッションがふっ飛んだ。

男は女に、全身を重ねた。更に男は女の尻の下に、クッションを押し込んで腰枕とした。男の両足は股《また》が裂けそうに、女の太腿を大きく開かせている。

男の怒張した肉柱が、女の下腹部に触れる。何かを捜し求めるように動き、男の分泌液を潤滑油として塗りつける。女が身体のうえから男を追い落とそうとして、腰を思いきり浮き上がらせた。

それが逆効果となり次の瞬間、男のものが女の中へ滑り込むように埋まった。男は容赦なく、女の深奥部まで貫いた。女は声を失い、のけぞって身体を硬直させた。

「奈美子……！」

男は、腰を使う。

声を上げて、女は泣いた。下半身は死んでいるが、女の上半身は動きをとめなかった。背中の半分が床を離れ、一方の肩口が縦になっている。

顎《あご》を突き立てて、女は喚くように泣く。その泣き顔を見ては興醒《きょうざ》めとばかり、男は目を閉じて上体を起こしにかかる。男は両膝《ひざ》を突き、女の足を肩に担ぐようにした。

「悪魔！」

「殺してやりたい！」

「訴えてやる！」

「すぐに、警察へ駆け込むから……！」

「あんただって、もうおしまいよ！」

身体を二つ折りにされながら、女は男を罵倒《ばとう》した。そうした女の叫び声は、いつまでも続けられる。男は片手で、結び目がほどかれているネクタイを抜き取った。

男は素早くネクタイを、女の頸部《けいぶ》に巻きつける。男は両手で交差したネクタイを、力いっぱい引っ張った。泣き声と言葉がとまって、女は苦悶するように呻《うめ》いた。女の全身が引き締まり、あちこちが痙攣《けいれん》した。

男は更に、女の首を絞める。同時に、律動を早めていた。これまで知らなかった異常な快感を、男は味わっていた。男は喘《あえ》いで、果てるときの声を放った。

とたんに、男は冷静になっていた。大変なことをしたようだという自覚が、一瞬にして男の頭を占めたからである。男は茫然《ぼうぜん》となって、ネクタイを手放した。

男は急いでネクタイを、女の首からはずした。しかし、三分以上も首を絞めていたのだから間に合わないと、男は絶望的な判断を下していた。

女は動くことなく、すでに死者の顔になっている。男はソファにすわって、髪の短い頭を抱えた。これからどうすべきかを、放心状態で考える。

女がここへ来たことを、知っている人間はいない。男と女の関係も、世間には明らかになっていない。ホテルのバーへ同行した数人の教師も、女の存在には気づかなかった。

お先に失礼するよと、男は五分ほどでバーを出てしまったのだ。間もなく女が現われたので、男はロビーを横切ってホテルを出た。追って来た女と口をきいたのは、品川駅についてからであった。

タクシーにも、乗ってはいない。品川から西荻窪まで、山手線と中央線を利用した。男と女には、何者かが知る接点というものがない。結びつかない人間同士となれば、女をこの家から運び出すだけですむ。

男は、車を所有していない。遠いところまで、死体は運べない。だが、近所に死体を捨てても、別に構わないのだ。妙な小細工は、省いたほうがいい。

失禁による放尿は少量で、クッションを濡らしているのにすぎない。そのクッションと凶器のネクタイは明日、勤務先の学園の焼却炉で燃やすことにした。

3

九月二十七日、火曜日の午前八時三十分――。

杉並区宮前六丁目で、若い女の絞殺死体が見つかった。そこは二百坪の土地で、老朽化した家屋の取り壊し作業が進められていた。その土地の南側半分に、木造家屋の解体された部分が山積みにされている。

それによって遮《さえぎ》られ、道路からは死角になっているところに死体が横たわっていた。発見者は、真っ先に作業現場へやって来て、ショベルカーを動かそうとした作業員であった。

一一〇番通報により所轄の久我山署から、刑事課捜査一係を中心に多数の警官が事件現《げん》場《じょう》へ急行した。被害者は、地面に大の字になっていた。

ロープを張って、鑑識のスタッフが活動を開始する。刑事たちはロープの外に並び、それを眺めることになる。警視庁捜査一課からもとりあえず、強行犯捜査八係と鑑識課のメンバーが出動した。

死体は下半身に、何もつけていなかった。まわりにバッグ、スカート、パンティーストッキング、下着、靴が散らばっている。暴行されたものと、察しがつく。

現場は大型のテント、ビニールシートをつなげることで隠蔽《いんぺい》されていた。周囲の家の二階からは、テントしかみえない。道路は通行止めにして、野次馬が集まることを防いでいる。

やがて現場に到着した強行犯捜査八係の井戸係長は、久我山署刑事課の柴田捜査一係長と挨拶《あいさつ》を交わした。鑑識から立ち入りのオーケーが出るまで、二人の係長もかなり待たされることになる。

「身元は、これで照会できます」

鑑識から二人の係長に、二つのビニール袋が手渡された。

被害者のバッグの中にあった身分証明書、運転免許証が別々のビニール袋に入れてあった。どちらにも、住所と氏名が明記されている。

「宮崎県ですね、小林市っていうのは……。東西銀行の小林支店が、発行した身分証明書です」

柴田係長が、そう言った。

「免許証の住所は、小林市南細野となっています」

井戸警部は、運転免許証に目を落とした。

「姓名は、山名奈美子です」

柴田係長は、井戸警部の手もとを見やった。

「すべて、一致します。宮崎県警に照会して、確認を急いでもらいましょう」

井戸警部は、大きくうなずいた。

だが、そこで井戸は目を見はった。井戸は、免許証の写真を凝視した。山名奈美子という被害者の写真だが、Xに感じがよく似ていたのである。

免許証の写真は、目をパッチリとあけている。Xは死に顔なので、目を閉じていた。そこに違いがあるわけだが、顔の輪郭、鼻と唇の形、セミロングの髪の毛、それに全体の印象というものが、山名奈美子とXはそっくりなのであった。

Xに関しても、六年前の記憶に頼っているのではない。昨日、身元不明死体票のXの死に顔を、しみじみ眺めたばかりなのだ。Xの死に顔はまだ鮮明に、井戸の脳裏に残っている。

鑑識の作業がひと通り終わるのを待って、井戸警部は最初にロープの内側へ足を踏み入れた。一刻も早く、ホトケさんの顔を拝みたかったからだった。

今度は、写真ではなかった。山名奈美子の場合も、死に顔を見ることになる。目を閉じている山名奈美子の顔を、井戸はしばらく見守っていた。

Xも山名奈美子も死に顔であれば、比較しやすかった。Xが夢の中に現われたことを、井戸は思い出しながらゾッとした。背筋が、冷たくなった。

似ている――。

六年前に死亡したときのXと、山名奈美子は年齢が近いのに違いない。それでいっそう、類似した容貌《ようぼう》に見えてくる。同一人あるいは双生児というほどには、そっくりそのままの顔ではなかった。

しかし、よく似ている姉妹とは、言えるだろう。Xが姉で、山名奈美子が妹という実の姉妹かもしれない。このことを訴えたくて、Xは夢の中に出て来たのだろうか。

今日か明日にも何か起きるのではないかと藤波管理官に脅かされたが、何かとはこの山名奈美子が殺害されるという事件ではなかったのか。

そのように考えて、井戸警部は悪寒を覚えた。だが、同時に井戸は、勇気づけられてもいた。もしかすると、この事件を通じてXの身元が明らかになるのではと、井戸は希望と期待を持ったのだ。

「瓜二つだ」

井戸警部は、そう言葉をこぼしていた。

「何が、瓜二つなんですか」

井戸の背後で、若い男の声がした。

「一口には、説明できないことだ」

井戸は、振り返った。

「久我山署、捜査一係の津田です」

若い刑事が、頭を下げた。

「ご苦労さん」

初対面の刑事でもあり、井戸はそれで誤魔化せると思った。

しかし、久我山署の津田刑事は、あっさり引っ込む気配を示さなかった。津田刑事の明るくて皮肉っぽい顔つきが、ユーモアを好む性格を物語っていた。

「よく似ていることを瓜二つと言いますが、瓜二つがそっくりとはどういう意味なんでしょうね」

津田刑事はニヤリとして、井戸に難問を突きつけた。

「いまは、そんな問答をしているときじゃないだろう」

表情を固くして、井戸警部はうまく逃げた。

久我山署に、特別捜査本部が設置された。警視庁捜査一課の応援も得て、特別捜査本部は百人体制でスタートする。翌日の午前中には早くも、重要な手がかりを発見したことが鑑識から報告された。

手がかりとは、獣毛であった。

犬の毛であり、鑑定により犬はマルチーズと判明した。このマルチーズの毛が五本も、被害者のスカートの尻の部分と上着の背に、付着していたというのである。

マルチーズの毛という微物採取には、決め手にもなるような重大性があった。マルチーズは室内犬であって、飼われている家の中に抜けた毛が多く認められる。

屋外の地面に捨てたものは別として、マルチーズの毛が散っている例は少ない。念のために死体発見現場での採取を試みたが、マルチーズの毛は一本も落ちていなかった。

被害者はマルチーズの毛が散らばっている家の中で殺害され、そのあと第二現場まで運ばれたものと推定できる。屋外の第二現場で、暴行殺害されたとは考えにくい。

それを裏付けることとして、まず現場は西と南に隣接する家と距離がない。隣家の庭園灯によって、現場も明るく照らし出される。隣家の二階の窓からは、現場一帯がよく見える。

大声で助けを求めれば、真夜中でも周囲の家の中まで届く可能性がある。

地面に人間を引きずったような跡、乱れた足跡などはいっさい残っていない。

被害者の衣服には、まったく土での汚れがない。

被害者の靴にしても、現場の土は踏んでいない。

被害者のバッグの中にあったナンバー付きのルームキーにより、宿泊先のホテルが明らかになった。

以上のような報告であり、おかげで捜査は大きく進展しそうだった。品川駅前のホテルに捜査員が派遣され、一時間後には山名奈美子の宿泊と足どりを確認した。

山名奈美子はそのホテルに、九月二十三日から宿泊している。四泊の予定であり、九月二十七日にはチェックアウトすることになっていた。

山名奈美子はその前夜に、殺されることになったのである。前夜の山名奈美子は午後六時ごろに、ダイニングルームで夕食をすませている。

午後八時に近い時間に、山名奈美子はホテル内のバーに現われる。カクテルを注文したが、半分は残していきなり席を立つ。急いで伝票にサインをして、山名奈美子はバーを出ていった。

そのまま、奈美子は消息を絶ったのだ。フロントには寄らずに、外出したのであった。それで奈美子はルームキーを、バッグの中に入れて持っていた。

またルームキーを持ち出したのは、今夜のうちにホテルへ戻るという意思が、奈美子にあったためだろう。遅くても十二時までには帰るつもりで、奈美子は出かけたものと思われる。

そのときホテルの玄関の外で、ベルボーイのひとりが奈美子を見かけている。少し離れていたが、奈美子は先を行く男のあとに従っているようだった。

男と奈美子は一定の間隔を保って、品川駅のほうへ歩み去った。その後のことは、ベルボーイも知らなかった。男と奈美子は、品川駅で電車に乗ったのだろう。

捜査本部は第二現場付近の聞き込みに、五十人からの捜査員を投入した。聞き込みには、マルチーズを飼っている家を捜すことも含まれている。

第一現場は、不明である。あるいは遠くから、死体を運んで来たのかもしれない。しかし、どうせ車で死体を運ぶとなれば、もっと人家が少なくて目立たない場所に遺棄するはずだった。

それに、第二現場に利用された作業場のような場所に、車を走らせて来た他所者《よそもの》がおいそれと気づくものではない。老朽家屋の撤去作業が続けられていることを、犯人は前もって知っていたと考えたくなる。

つまり、犯人は近くに住んでいて土地鑑があるという見方も、否定できないのであった。それならば宮前一丁目から六丁目、近辺の松庵、西荻南、南荻窪、久我山といった各町内でマルチーズを飼っている家を捜すのも、決して無駄にはならないだろう。

夕方になって、東都大学医学部の法医学教室に依頼した司法解剖の結果が出た。

山名奈美子の遺体の解剖について、主要所見は次のようになっていた。

死因　絞頸による窒息死。

死後経過時間　剖検開始までに十五時間から十八時間が経過。（死亡推定時刻は前夜の九時から十二時までのあいだ）

凶器　頸部の中央を一周する索痕にはやや幅がある。（たとえばネクタイのように幅のあるヒモ状のもの）

姦淫《かんいん》　膣内に精子があるものの子宮頸管内に精子なし。よって死亡の直前か直後に射精したと推定される。

血液型　精液はB型。被害者はA型。

胃の内容　ホテルでの夕食と一致。アルコール少量。

毒物　反応なし。

山名奈美子がホテル内のバーから姿を消したのも、ベルボーイに目撃されたのも、八時ちょっとすぎだったとされている。そのあと約一時間は、確実に生きていたのだった。

奈美子は、男のあとに従っていたという。その男とある場所へ向かったことに、九十五パーセント間違いない。品川駅から向かったある場所で、奈美子は暴行殺害されたのであった。

次の日の正午に、井戸警部は宮崎県警本部からの回答に接した。

それによると山名奈美子は今年の十一月、二カ月後に結婚することになっていたという。結婚の相手は、同じ銀行に勤めている高校の先輩だった。

奈美子は末っ子で、兄と姉がひとりずついた。奈美子の母親は、九年前に病死している。父親も六年前に、この世を去っていた。山名の一族は若死にすると評判になったくらいで、奈美子の親類縁者は極端に少ないようである。

健在なのは、兄だけであった。兄は製材所を経営していて、暮らしも裕福だという。奈美子はこれまで、兄夫婦のところに身を寄せていた。奈美子の親代わりは、兄夫婦だったらしい。

奈美子と四つ違いの姉は悦子といい、現在は二十九歳になっている。悦子は六年半ほど前に宮崎市で、旅行者と知り合って深い仲になった。熱烈な恋であり、悦子はその旅行者に夢中になった。

やがて旅行者が宮崎を去り、悦子も彼のあとを追うと奈美子に電話で伝えて姿を消す。それっきり悦子は、宮崎県内に戻って来ていない。いまもなお、消息不明である。

家族からの捜索願も出ていないし、悦子は家出人の扱いすら受けていないという。自由奔放な行動に走った悦子に対して、誰もが好意的ではなかったらしい。

顔はよく似ているが故郷を捨てた親不孝者の姉と、田舎に喜んで所帯を持とうとする妹では中身が大違い。兄はこのように、奈美子のことを自慢するそうである。

その自慢の妹の遺体の確認と引き取りのために明日、兄夫婦が上京することになっている。

「あんたは、宮崎県で生まれ育った山名悦子さんだったんだ。山名悦子はもう、身元不明の無縁仏じゃない」

井戸警部は、Xに呼びかけた。

4

その日、聞き込みを続行していた二人の刑事が、マルチーズを見かけた。ただし、家の中にいるマルチーズではなかった。乗用車を降りた女が、マルチーズを抱いているのに気づいたのであった。

二人の刑事とは、久我山署の十和田定雄と津田正義である。車を降りた女は、建売りの二階家へはいっていく。門扉と玄関のドアを、女は持っていた鍵を使って開けた。

場所は第二現場まで、二百メートルと離れていない。同じ宮前六丁目にあるその家には、小塚忠広という男が住んでいる。二人の刑事はすでに一度、聞き込みのために小塚忠広と顔を合わせていた。

小塚忠広は三十四歳だが、独身であった。長身の美男子で、職業は教師ということだった。中野区に、幼稚園から短大までを一カ所に集めた私立の学校法人で、聖仁学園というのがある。

その聖仁学園の中学校で、小塚忠広は体育の教師をしている。勤続五年であり、それ以前は静岡市のやはり私立の高校で体育を教えていたという。

現在も気ままな独り暮らしですと、小塚忠広は笑っていた。またマルチーズに関する質問に対して、昼間は誰もいない家の中で犬は飼えません、犬にはとんと縁がありません、と小塚忠広は答えている。

ところが、犬に縁があったのだ。飼ってはいないにしろ、犬が家の中へ持ち込まれる。それも、マルチーズと来ている。十和田、津田の両刑事は、大いにやる気を起こしたのであった。

二人の刑事は宮前六丁目で、改めて聞き込みを繰り返すことにした。今度の聞き込みは、マルチーズを抱いて小塚宅を訪れた女についてである。

聞き込みは、非常に楽だった。マルチーズを抱いた女のことは、予想以上によく知られている。噂《うわさ》の主といったところなので、近所の主婦たちはいくらでも情報を提供してくれた。

「あの女性は、お客といえないでしょう。小塚さんと半分、同棲しているみたいなもんですもの。あの人は鍵を持っていて、出入り自由だしね」

「だいたい一日置きに、見えますよ。マルチーズと一緒に、車で乗りつけるんです。午後一時からずっといて、車に乗って引き揚げるのがいつも夜の十時ぐらい」

「泊まっていくことも、ちょいちょいありますね。朝帰りする車で小塚さんを送っていくのを、何度も見かけました」

「あの女性は、小塚先生に首ったけなんでしょうね。一日置きにやってくるのも主婦代わりに、家事に専念するためなんですもの。いじらしいわ」

「掃除、洗濯、お料理って女房気取りで、よく働いているようですよ。あの女性はむかし、銀座でホステスをしていたんだそうですがね」

「武蔵野市の資産家に見初められて結婚したんですけど、十年後にご主人が亡くなられたって話です。それからもう五年も、未亡人のままでいるんだそうです」

「お金持ちなんですよ、彼女は……。まあ、お金持ちの道楽として、小塚先生の面倒を見ているんじゃないですか」

「これまでにも小塚さんにずいぶん貢いだでしょうし、いまだって生活費は彼女持ち、それにかなりのお小遣いを小塚さんに渡しているそうですよ」

「小塚先生のほうはもちろん、彼女を徹底的に利用するつもりでしょう。彼女のほうが四つも年上だし、小塚先生に結婚の意思なんてありっこないですよ」

「小塚さんは独身主義だって吹聴しているらしいけど、女癖が悪いこともあって結婚を避けるんじゃないですか。教師のくせに、ヒモと変わらないんだもの」

「彼女の名前は確か、峰岸ハツネとか聞きましたけど……」

「九月二十六日は、月曜日でしょ。土曜から日曜日にかけて必ず泊まることにしているようですから、月曜日にあの女性がくるってことはありませんね」

こうした情報を得たうえで、十和田と津田は小塚宅を訪問した。当然、小塚忠広は出勤していて不在であり、峰岸ハツネという女が応対することになる。

「二十六日っていいますと、さきおとといの月曜日ですわね。わたくし、ここへは参りませんでした。わたくしが今週になってここへ参りましたのは、一昨日そして今日ってことになります」

峰岸ハツネは、マルチーズを抱いたままでいる。

「一昨日こられて、何か変わったことに気づきませんでしたか」

津田刑事が、そう質問した。

「変わったこと……」

峰岸ハツネは、考え込むような眼差しになった。

「一昨日、峰岸さんがおいでになったときには、もちろん小塚さんは出勤して留守だったんですよね」

「はあ」

「その小塚さんの留守中に、いつもと様子が違うみたいなことに気づかれませんでしたか」

「いやなことが、ございました」

「どんな……」

「忠広さんが脱ぎ捨てていったワイシャツの右の袖口《そでぐち》に、口紅がこすれるように付いていたんです」

「そのワイシャツは、どうされました」

「見るだけでも不潔ですので、早々にクリーニング屋さんへ出しました」

「そうですか」

「それから最近、わたくしがプレゼントしたネクタイの一本が、見当たりませんでした。それに妙なことなんですが、応接間のソファのうえにあったクッションのひとつが消えてしまいました」

「ネクタイですか」

「帰宅したら忠広さんを問い詰めるつもりでいましたけど、忠広さんの答えは拍子抜けするほど簡単明瞭でした」

「どんな答えだったんです」

「まるで気がつかなかったけど、口紅は電車の中で付けられたんだろう。クッションは、ソースをたっぷりこぼしてしまったので捨てた。ネクタイは酔っぱらってはずして、どこかに忘れて来たって……」

「一度に三つ重なった出来事となると、何となく弁解じみて来ますね」

「わたくしも、嘘っぽく感じました。特にネクタイの件は、信じられませんでした。だって七万円もするネクタイを、あっさり忘れてこられるもんじゃないでしょ」

「ところで、そのマルチーズは家中を好き勝手に歩き回るんですか」

「二階へは、上がって来ません。この家ですといつも、応接間のソファのうえで寝ています」

峰岸ハツネは、マルチーズに頬ずりをした。

「どうも、お邪魔しました」

成熟しきった女の色気が、若い津田刑事にはまぶしかった。

峰岸ハツネは小塚忠広が事件にかかわっているなど、夢にも思っていない。だからこそ小塚にとって不利も有利も抜きにして、峰岸ハツネは事実を正直に打ち明けたのだ。

それにしても事件のあった九月二十六日に、小塚のワイシャツの袖に口紅が付き、ネクタイとクッションが消えたというのは妙である。更に小塚宅には、マルチーズの毛が多く落ちていて当然なのであった。

 やや気の早い話だが、小塚宅の応接間を第一現場と考えたくなる。そこで争っているうちに、被害者の口紅が小塚のワイシャツの袖にこすりつけられた。クッションには、被害者が口の中を切って血痕を残したのかもしれない。ネクタイは、被害者を絞殺するのに使った。それでネクタイとクッションを、家から持ち出して処分したのではないか。

「小塚さんの血液型を、ご存じでしょうかね」

十和田刑事が、さりげなく訊《き》いた。

「B型です」

なぜか峰岸ハツネは、艶っぽい笑顔になっていた。

十和田と津田は、小塚宅をあとにした。小塚の血液型も、被害者の体内にあった精液と一致する。小塚は、車を持っていない。だが、小塚宅から第二現場までは、二百メートルたらずであった。

山名奈美子の死体を抱えて、体育の教師でもある大男が二百メートルほど歩くことは可能だろう。夜中の二百メートルの道ならば、人目につかない距離といえる。

十和田と津田は捜査本部に戻ると、胸を張ってそのように報告した。同じころ、品川駅前のホテルでの聞き込み班からも、タイミングよく連絡がはいった。

二十六日の夜八時ごろ、ホテルのメイン・バーに六人の客があり、何者かわかったというのである。バーテンの記憶によると、その六人の客がカウンターの席にすわって間もなく、山名奈美子は伝票にサインをして立ち上がったという。

しかも、その直前に六人の男のひとりが、お先に失礼するとバーを出ていっているのだ。その男は飲みものも注文しないで、帰ってしまったわけである。

それから一分と経過しないうちに、山名奈美子も消えたのであった。男は山名奈美子に合図を送って立ち去り、彼女がバーを出てくるのを待っていたのに違いない。

バーテンは、背が高くて髪を短く刈り込み、ひと目で高級品と知れるネクタイをしめているハンサムと証言した。ベルボーイも、長身で頭をスポーツ刈りにした男の後ろ姿だったと言っている。

バーに残った五人の客に三十分ばかり付き合ったバーテンは、話の内容から学校の先生たちと察したそうである。そこで直ちに調べたところ当夜のホテルでは、中野区の聖仁中学校を勇退する校長の送別会が催されていたことがわかったという。

この報告に、捜査本部は色めき立った。小塚忠広も、聖仁中学校の体育の教師なのだ。そのうえ、長身で髪の短いハンサムという印象は、小塚忠広にぴたりと当てはまる。

藤波管理官はホテルの聞き込み班に、聖仁中学校への急速な移動を命じた。ホテルから中学校の聞き込みに回った十人の捜査員は、夜の八時をすぎて捜査本部に帰着した。九時から、捜査会議が開かれる。

「ホテルのバーに立ち寄った六人は、やはり聖仁中学の先生たちでした」

「六人ともその点を認めたので、全員を特定しました」

「背が高く髪を短く刈り込んだハンサム、つまり被害者とともにホテルを出たと思われる男は、聖仁中学の小塚忠広という体育の教師であります」

「しかし、小塚忠広は気分が悪くなりそうなので帰宅を急いだのにすぎない、後ろを歩いている女性に気づきはしたが偶然のことだと、山名奈美子との接触を否定しておりました」

しばらくは、ホテルと中学校の聞き込みの発言が続いた。

「小塚忠広と被害者とのあいだには、明らかに接点があります。それはホテルのバーで生じたもの、すなわち小塚忠広と被害者は知り合いだったと断定していいでしょう」

藤波管理官が鋭い目つきで、会議室を見渡した。

「小塚忠広の自宅は宮前六丁目にあり、第二現場から二百メートルと離れておりません。

小塚と被害者は品川のホテル、それに杉並の宮前六丁目という二つの地点で結びつきます。こうなるともう、偶然と見ることに無理があります」

これは、久我山署の速水署長の言葉だった。

「明日、午前八時までに重要参考人として、小塚忠広を同行してください。そのほかの諸君には小塚忠広の前歴の洗い出しに、全力を尽くしてもらいます」

藤波管理官が、捜査本部としての結論を伝えた。

そのあとは、活発な質問と意見が交わされることになる。だが、井戸警部はそれに加わることなく、孤立したように終始無言でいた。井戸の念頭には、Xのことが置かれていたのだった。

井戸の目的は、山名奈美子殺害事件を解決することだけではなかった。六年前から無縁仏のままでいるXが山名悦子であることを、何としてでも立証するのがみずから義務だと、井戸警部は思っているのであった。

5

被疑者ということで、逮捕してはいない。小塚忠広はまだ、身柄を拘束されてもいないのだ。重要参考人として、出頭を求めたのにすぎない。

したがって取調べではなく、あくまで事情聴取であった。これがただの参考人であれば、捜査本部の応接室か会議室で事情聴取を行うことになる。

しかし、小塚忠広は重要参考人なので、取調室を使うことにした。そうなると事情聴取は名目であって、取調べと大して変わらない。取調官には久我山署捜査一係の尾花警部補、補助官に同じく津田刑事がそれぞれ任ぜられる。

ほかに、井戸警部が立ち会った。尾花、津田、小塚の三人にはすわるべき椅子がある。だが、井戸警部にはそれがないので、鉄格子のはまった取調室の窓を背にして突っ立っているほかはなかった。

「山名奈美子を、知っていますね」

尾花警部補が、質問を始めた。

「いや、知りません」

現在の小塚忠広は、まだ悠然と構えている。

「どういう関係ですか」

ニックネームがキューピーちゃんという尾花も、見たところは穏やかだった。

「関係も何もありません、見たことも聞いたこともない人なんですから……」

小塚は、笑いを浮かべていた。

「見たことも聞いたこともない人間が、どうしてお宅に指紋を残していくんです」

「指紋……?」

「あんたはきっと山名奈美子の指紋を消すために、家の中のあらゆるところを雑巾《ぞうきん》か何かで、ふきまくったんでしょうな。ですがね、指紋は思わぬ場所に付いているもんで、それをまた人間は見落とすんですよ」

「冗談でしょう。そんな作り話で、カマをかけようっていうんですか」

「あんたがここへくる直前に、山名奈美子の指紋が採取されたと連絡がありました。実はあんたの同行を求めたあと、お宅に鑑識のスタッフがお邪魔しましてね」

「そんなの、違法じゃないですか」

「山名奈美子の指紋は、お宅の応接間のソファの脚から採取されました。床に押し倒されて激しく抵抗したために、そんな妙なところを握ったりしたんでしょう」

「たとえそうだとしても、ぼく山名奈美子なんて女性を知らないんです。その女性とぼくが、知り合いだって証明できるんですか」

「あんたは二十六日のホテルの送別会に、高価なネクタイをして出席した。あんた自身が同僚たちに、このネクタイはイタリア製で七万円もするって自慢している。そのネクタイをあんたはいつ、酔っぱらって置き忘れたんですか」

「ホテルからの帰りに、あちこち飲み歩いて……」

「あんたは気分が悪いからって、ホテルのバーから姿を消したうえ、帰宅を急いだんじゃなかったんですか。気分が悪いのに、あちこち飲み歩くのかね」

「正直に言うとタバコの火で、あのネクタイに穴をあけてしまったんです。それでハツネを怒らしてはまずいと思って、ネクタイを始末したんです」

「あんたは、嫌煙権を主張している。いつから、タバコを吸うようになったんだ」

「いや……」

小塚は、苦しそうな顔になっていた。

「あんたみたいに、通用しない嘘を限りなくつく人間というのも珍しい。生徒にも、そう教えているのかね」

尾花警部補は、驚きの目を見はっている。

「そんなこと、どうだっていいじゃないんですか。要するに、殺された女性とぼくは無関係か否かで、すべてが決まるんです。もし殺された女性とぼくが知り合いだというんなら、それを具体的にはっきりと証明してくれませんか」

怒りの形相となって、小塚忠広は逆襲に転じた。

「証明しよう」

井戸警部が、尾花と小塚とに挟まれている机に近づいた。

「これを見るんだ！」

井戸警部は怒声を発して、叩きつけるように机のうえに手を置いた。井戸が手を引っ込めると、そこにはXの身元不明死体票があった。小塚は面喰らったあと、恐る恐る死体票の写真に目を近づけた。

「それは、山名奈美子じゃない。瓜二つだが、姉の山名悦子のほうだ！　小塚先生よ、お前は姉と妹の両方を死に顔にしてしまったんだぞ！」

感情的になることのない井戸が、腹立たしさを抑えきれなくなっていた。

小塚は、愕然《がくぜん》となった。一瞬にして、血の気を失う。総毛立って震えのとまらないことが、衝撃の激しさを示している。わ、わ、わ、と小塚は声を出した。

「お前が奈美子をホテルから連れ出して、品川駅へ向かったことは目撃者の証言で明らかだ。その奈美子の死体は、お前の家のすぐ近くで見つかった。奈美子の死体には、マルチーズの毛が付着していた。お前の家の応接間のソファの脚から、奈美子の指紋が採取された。奈美子を強姦した男の血液型は、お前と同じB型。お前には、アリバイがない。お前のワイシャツには、口紅がこすりつけられていた。嘘ばかりついているが、ネクタイとクッションが消えている。奈美子殺しの犯人《ホシ》は、どうしてもお前ってことになる。お前は六年前に姉の悦子を通じて、妹の奈美子とも知り合ったんだろう。正午までには静岡市へ向かった捜査員から、当時のお前の暮らしぶりについて報告があるぞ」

井戸警部は小塚が、しぶとく否定して反論するものと覚悟していた。

だが、小塚は泣き出した。二十分間は、嗚咽《おえつ》が途切れなかった。それから更に四十分間、小塚は悄然《しょうぜん》として沈黙を守った。まだまだ自白するはずがないと思われた小塚が、いとも簡単に落ちそうだった。

やはり、山名悦子の死に顔の写真を見せつけられたことが、小塚には絶望感を誘うショックとなったのである。反論の余地も否定する方便もあったが、小塚の枯れかけた良心が気力を奪ったのに違いない。

小塚忠広は、素直に供述を始めた。

それによると六年前の八月、小塚は夏休みを利用して宮崎県内を旅行したという。そのとき宮崎市で、山名悦子と知り合った。悦子は、小塚に心を奪われた。勤務先の観光ホテルも休むようになり、悦子は小塚とともに県内各地の民宿を泊まり歩いた。

半月後、小塚は宮崎を去り静岡市へ引き揚げる。小塚は静岡市内の伯母の家の離れに住んでいたが、九月になってそこへあとを追って来た悦子が現われる。九月の末には、妹の奈美子が訪れた。

小塚は奈美子の肉感的な肢体と、雪のように白い肌に魅せられた。悦子とはあくまで遊びのつもりでいただけに、小塚は妹の奈美子にも浮気心を抱いたのだ。

十月になって悦子は荷物を取りに、いったん宮崎へ帰ることにする。悦子の留守中に、小塚は奈美子を甘い言葉で陶然とさせた。純情な十九歳の短大生は、小塚の魔力に抗しきれなかった。

小塚と奈美子は、肉体関係を持った。奈美子は、処女だった。小塚は奈美子とのセックスに魅力を感じ三日三晩、ベッドを離れずに愛欲に耽《ふけ》った。悦子が突如として戻って来たときも、小塚と奈美子の身体は結合状態にあった。

それを目のあたりに見せつけられた悦子は、茫然となってすわり込んだ。しばし虚脱したような顔でいたが、悦子は間もなく血相を変えて出ていった。バッグのほかには、何も持っていかなかった。

奈美子も急いで支度をして、宮崎県の小林市へ逃げ帰ることになる。果物ナイフがなくなっているのに気づいたし、性格からいっても悦子は間違いなく自殺すると小塚は思った。

果たして二日後の新聞に、それらしい記事が載った。東京のホテルの浴室で若い女が自殺したが、まったく身元がわからないという記事だった。しかし、小塚にはこれこそ悦子だと、見当がついていた。

推定年齢、服装、髪型などが、悦子と一致している。それに、果物ナイフを用いての自殺であった。小塚は、悲しまなかった。おれには無関係というふうに、小塚は割り切ることにした。

もちろん、警察へも届けなかった。こういうことにかかり合って悦子との関係がバレたら、教師として決して有利ではない。知らん顔でいれば、すむことである。

悦子が静岡市にいたのは短期間だし、目立たない存在でもあった。近所の人たちにも、どこの何者かはわかっていない。小塚の伯母とその家族からして、悦子の顔をよくは知らないのだ。

新聞の記事になろうと住所、名前、年齢、職業は書かれていない。顔写真も、載ってはいない。しかも東京のホテルで自殺した人間のこととあっては、報道に関心を払うはずがない。

宮崎県では、新聞にも載らなかったらしい。東京で身元不明の女が自殺したというだけでは、宮崎県においてのニュースの価値はゼロに等しい。そうなると、悦子の死を予想する理由がない。

母親はすでに死亡、父親は病床についている。兄は見放した妹のことなど、心配しなかった。悦子の友人知人が全国に散らばっていても、顔や名前がわからない身元不明者の死を、山名家に知らせることはないだろう。

詳しい事情に通じている奈美子もまた、悦子が自殺したとは考えていない。小塚とのセックスの真っ最中に、その光景を見られたうえ姉が飛び出していったことは、奈美子にとって最大の負い目となっている。

そのことに触れるのはタブーであり、奈美子はいっさい口外しないはずである。二度と会えない姉と絶交状態にあっても多分、小塚とうまくやっているだろうと、奈美子は楽観することに努めるに違いない。

一年がすぎて小塚は、東京の聖仁学園に勤務することになった。杉並区宮前六丁目の建売り住宅を購入して移転するとき、小塚は悦子の荷物を処分した。それから約五年がすぎて九月二十六日の夜、品川駅前のホテルのバーで小塚と奈美子は、夢にも思わなかった再会のときを迎える。

小塚と奈美子は、品川から山手線に乗った。奈美子はその後の悦子のことを、知りたいという。いろいろ見せたいものもあるし、わが家で悦子の話を聞かせようと小塚は奈美子を誘う。だが、六年前の奈美子の身体を思い出した小塚には、彼女を抱きたいという欲望しかなかった。

宮前六丁目の自宅について、応接間に落ち着く。ビールを飲みながら目の前の奈美子を眺めているうちに、小塚の欲望は自制できないほどに燃え上がった。小塚は、奈美子に襲いかかる。

奈美子は泣きながら激しく抵抗し、一体になってからも警察に通報すると叫び続けた。黙らせたい一心と、終わってからの口も封じたほうが安全だという気持ちが働いて、小塚は自分のネクタイを奈美子の頸部に巻いた——。

「わたしは教師であっても、性欲が異常に強いという病気持ちです」

最後にそう付け加えた小塚忠広は、まだ音を立てそうな全身の震えがとまっていなかった。

あとのことは尾花警部補と津田刑事に任せて、井戸警部は四時間ぶりに取調室を出た。

小塚忠広は姉の悦子を自殺に追いやり、妹の奈美子を殺害した。

奈美子も悦子が自殺する原因を作り、みずから小塚に殺される道を進んだように思えてならない。そういう姉妹の顔が瓜二つとなると、何となくうんざりさせられる。

気の毒なのは、宮崎県から上京した姉妹の兄だった。兄夫婦は奈美子の遺体と悦子の身元不明死体票の写真によって、一度に二人の妹の死を確認しなければならなかったのである。

兄夫婦は東京都下の都営の霊園へ案内され、無縁仏となっていた悦子の遺骨を引き取った。Xは六年後に、ついに山名悦子に戻れたのであった。そのことが井戸警部には、唯一の救いになっていた。

夕方の捜査本部の廊下で、井戸警部は津田刑事とすれ違った。

「ああ、ちょっと……」

井戸警部は、声をかけた。

立ちどまって、津田刑事は振り向いた。

「はい、何でしょう」

「そっくりさんをなぜ瓜二つというか、きみは知りたがっていたね。いま、教えよう。瓜を二つに、縦割りにするだろう。そうしてみると……」

井戸警部は、辞書で調べたことをそのまま口にした。

「そう、二つに割った瓜は、どっちも見分けがつかないほど同じです。その瓜みたいに顔がそっくりなので、瓜二つというんです。辞書を、調べましたよ」

津田刑事はニヤリとして、去っていった。

花の咲く遺言

1

伊東部長刑事は、クロスワード・パズルが好きだった。クロスワード・パズル狂と自称するほど、四角い空白を片仮名で埋めたがる。それだけのために、パズルが載っている週刊誌を集めてくる。

自分で週刊誌を買い漁ったのでは、ポケットマネーに影響する。それで伊東部長刑事はもっぱら、読み終えた週刊誌をもらうことにしていた。

自宅の近くに、付き合いの古い知人が経営する美容室がある。その美容室から、二週間前の週刊誌が届くことになっている。クロスワード・パズルが掲載されている週刊誌に限りだが、それでも八誌には達する。

ほかのページにはまったく目を通さないので、古い週刊誌でもいいわけであった。それに賞金が欲しくて、ハガキで応募するようなことはいっさいやらない。応募の期限が切れていようと、差し支えはなかったのだ。

伊東刑事は、四角い空欄が埋まればそれでよかった。正解だろうと間違っていようと、問題ではなかった。これが正解だという片仮名がすべて並んでくれれば、伊東刑事は一仕事すませたように満足する。

勤務時間中にそんなことはやっていられないので、古雑誌に等しい週刊誌を久我山署へ持参したりはしない。美容室から届いた週刊誌は、自宅の居間の片隅に積んであった。それらの週刊誌を伊東刑事が開くのは、帰宅が早かったときか非番の日かである。

それでも八冊の週刊誌のパズルを解くのには、三日とかからない。もう解くべきパズルがないとなると、伊東刑事は手持ち無沙汰《ぶさた》になって落ち着きを失う。趣味というより、もはや習慣であった。

「物置が、週刊誌だらけよ。お父さん、処分したら？」

中学一年生の長女が、文句をつける。

「お母さんに、頼むしかないな」

伊東部長刑事は、クロスワード・パズルとにらめっこである。

「お父さんが美容室から、週刊誌をもらうから悪いのよ」

「仕方がないだろう」

「四十にもなって、そんなパズルなんかに夢中になって……」

「頼山陽《らいさんよう》の二十二巻の歴史書の著作って、何なんだろうな」

「日本外史じゃないの」

「日本外史か、ぴったりだ」

「わたし美容室へいって、週刊誌を断わってこようかな」

「よせよ」

「だったら、物置の古雑誌を何とかしてくれないと……」

「面積が日本一の県っていうのは、何県だったっけ」

「そんなことも、知らないの！　岩手県よ！」

長女はふくれっ面で、居間を飛び出していった。

「怒鳴らなくたって、いいじゃないか。何だかんだって、急に口うるさくなる年ごろなんですかね」

伊東荒男は、独り言をつぶやいた。

翌日は、猛暑だった。まだ七月の初旬なのに梅雨明けが宣言され、とたんにうだるような暑さが日本列島に押し寄せた。朝のうちから、上着を脱がずにはいられない。

久我山署の刑事課へ出勤する刑事《デカ》たちは、残らずワイシャツを汗で濡らしていた。冷房は、ほんの気休めにすぎない。部屋のあちこちで、扇子が忙しく動いている。

午前十時に、伊東部長刑事の目の前の電話が鳴った。特に肥満型ではないが、大男の部類に属している伊東荒男は、やはり汗かきの暑がり屋である。ハンカチでは間に合わず、首にタオルを巻いていた。

「はい、捜査一係」

電話に出た伊東刑事の声も、不機嫌そうに受け取れる。

「部長刑事《デカチョウ》さんですか」

若い男の声だが、誰だかすぐには思い出せない。

「伊東だけど……」

いつも聞いている声だと、伊東刑事は左手の爪を噛《か》んだ。

「一休軒の三郎です」

若い男は、そう名乗った。

「おお三郎君か」

伊東刑事は、少しばかり驚いた。

一休軒というのは、久我山駅前にある大きなラーメン屋であった。ラーメンの味が極上という評判で、客の数の多いことでも有名だった。店内が広いのに、遠来の客も含めて満員のときが多い。

それに出前が、休む間もなく続く。久我山署も一休軒にラーメンの出前を頼む点では、大集団の客とされている。一休軒の経営者の三人の息子が、大車輪で出前に走り回っていた。

三郎はそのうちの三男坊で、久我山署への出前も彼の受け持ちであった。久我山署に出入りするのは、顔パスの三郎である。三郎を知らない久我山署員はいないし、伊東刑事たちとも馴染《なじ》みということになる。

しかし、一休軒に電話をするのは客のほうであり、三郎が久我山署に電話をかけてくる必要はない。そのことを、伊東刑事は驚いたのだ。何かあったのに違いないと、伊東刑事は緊張させられた。

「お忙しいところを、すみません」

高井三郎に、あわてているような気配はなかった。

「そんなことは、構わない。それより、何かあったんじゃないの」

伊東刑事は、メモ用紙を引き寄せた。

「お願いがあるんです」

高井三郎の声に、笑いはない。

「どんなことだね」

伊東刑事は、タオルで顔を撫《な》で回した。

「五分後には、そっちにつきます。伊東さんに会って、話したいことがあるんです」

高井三郎は言った。

「わかった、署の前で待つ」

伊東刑事は、ボールペンを投げ出した。

「お願いします」

高井三郎は、電話を切った。

事件ではなさそうだが、三郎がわざわざ電話をかけて来たことが気になった。話とはいったい何だろうと、深刻な顔つきにならざるを得ない。伊東刑事は上着を肩に担いで、刑事課の部屋を出た。

伊東荒男が久我山署の玄関前に立つと同時に、走って来た乗用車がポーチに乗り入れて停まった。運転席には、高井三郎がいた。今日の高井三郎は、白の上下に白い前掛けという仕事着をまとっていなかった。

一休軒は、午前十一時に開店する。それまでは三郎も、私服でいるのだった。もちろん乗用車も、営業用の足ではない。

「どうぞ」

高井三郎は、助手席のドアをあけた。

「遠くへ、行くのかい」

クーラーがよく利いていると、伊東荒男は口もとを緩めた。

「五、六分、走ります」

気が急《せ》いているのか、高井三郎は素早く車を発進させた。

高井三郎は二十一歳、なかなかの美男子である。そのうえ真面目で純粋で、しっかり者であった。誰からも好かれるし、どこへいっても評判がいい。

近ごろ、これほど大人に信用される若者は珍しいと、伊東部長刑事は常に感心している。三郎が出前に出向く家庭には、特にファンが多いようだった。

久我山署から北へ向かい、五日市街道を西進したあと住宅街を抜けて再び北上する。中央線の西荻窪駅を右に見て、杉並区の西荻北にはいる。三郎が運転する車は、西荻北五丁目の路上で停止した。

左側の住宅の取り壊しが、二台のショベルカーによって進められている。かなり古くなった門の表札に、伊東部長刑事は目を凝らした。何とか『大河内』という文字を、読み取ることができる。

「この取り壊しが始まっているお宅が、目的地なのかい」

伊東刑事は、三郎を見やった。

「ええ」

三郎は初めて、不安そうな表情を見せている。

「三郎君と、この家の関係は……」

「お得意さんだったんです。ほとんど毎日のように、お昼御飯としてラーメンを届けましたよ」

「だけど、出前をするには距離がありすぎるんじゃないのか」

「でも一休軒から、三・一キロですよ。それに、伸びてもいいから一休軒のラーメンを食べたいわっていうお客さんなんで、出前を断わりませんでした」

「毎日の昼飯に、ラーメンか」

「七十すぎのお婆さんでしたから、大好物のラーメン一杯で満足したんでしょう」

「それで三郎君は、毎日のようにラーメンを運んだ」

「いや、ラーメンとチャーハンでした」

「それはまた、大食いなんだな」

「お婆さんは、ラーメンしか食べません。チャーハンは、お手伝いさんの昼飯です」

「お手伝いがいて、ほかに家族は……」

「いませんでした」

「ほかに、家族はいない。お婆さんとお手伝いの二人きりで、ここに住んでいた」

「お婆さんっていう言い方は、いけませんね。奥さんって、呼ばれていたし……」

「七十すぎになると、奥さんだってお婆さんになってしまうよ。それより名前のほうが、いいんじゃないかな」

「そうですね」

「名前、知っているんだろう」

「大河内房江さんでした」

「エは、江戸の江だね」

「そうです。去年の六月で、七十二歳でした」

「過去形ばかり使うけど、大河内房江さんは死んだわけじゃないんだろう」

「それが、わからないんですよ。生死不明というより、ぼくは大河内さんの消息を知らないんです。大河内さんは去年の六月に、ここから消えてしまって……」

「消えた？」

「そのことで、伊東さんに話を聞いてもらいたかったんです。デカチョウさんだったら、必ずぼくの相談に乗ってくれるって思いましたしね」

高井三郎は、真剣な面持ちでいた。

「ずいぶん、信用されているんだな」

伊東刑事は、苦笑を浮かべた。

三郎からそんなふうに見られていたのかと、くすぐったいような気持ちである。しかし、頼られずとも三郎の相談には、乗ってやらなければならない。

まだ事件と決まったわけではないが、やはり三郎はそれらしいことを持ち込んで来たのだ。ただし、三郎自身に何かが起こったのではなく、ひとりの老婦人の身を案じているということであった。

三郎は去年の六月までの約十一カ月間、ラーメンの出前を通じて毎日のように大河内房江と顔を合わせていた。当然、大河内房江と三郎は親しくなる。

誰にでも好かれる三郎は、大河内房江からも特別の信頼を得た。大河内房江は三郎の真面目で誠実な性格が気に入り、実の孫に対するように好意的だった。

あなたみたいな孫がいてくれたらねえと、大河内房江は同じ言葉を口癖のように繰り返した。あなただけは心から信じられる人よと、大河内房江は微笑しながら三郎を見つめることもあった。

むかしでいえば、大河内房江は上流階級の人間だった。戦争による斜陽族ではあったが、房江が当主と結婚したころの大河内家はまだまだ、杉並区の西部の資産家として知られていた。

だが、その後は土地の売り食いと投資の失敗などで、所有地の大半を失うことになる。夫妻のあいだには娘ひとりがいたが、彼女は十九歳で病死した。養子を迎えるつもりはなく、いつの間にか老夫婦となる。

したがって実子も養子も、その孫たちもいない。大河内一族、房江の肉親も次々と故人となった。いまから五年前に、死ぬまで贅沢《ぜいたく》と縁が切れなかった夫が大往生を遂げる。房江だけが、この世に残った。

いまや親戚と姻戚の別なく、親類縁者はひとりもいなかった。天涯孤独を、絵に描いたような房江になったのだ。その房江が相続した夫の遺産も、むかしに比べたらほんの残り物であった。

杉並区西荻北五丁目の土地が三百坪、その土地に建つ崩れそうに古い邸宅、絵画などの美術品、それに伊豆の下田にある別荘だった。それでも美術品を売り払ったりで、生活に不自由はしなかった。

幽霊屋敷のように古ぼけた邸宅だが、そこにお手伝いと住む老婦人の毎日は、見方によって優雅な暮らしぶりと言えなくもない。房江は上品でおっとりしている老婦人だから、近所の主婦たちの評判もいいようであった。

だが、そうした大河内房江の日常に、大きな変化が生じることになる。それに高井三郎は奇妙な形で、かかわってしまったというのである。

2

去年の六月の半ば、高井三郎の記憶では十六日か十七日であった。

三郎はいつものように、大河内家へラーメンとチャーハンを届けた。普通ならば通用口からはいり、お勝手にいるお手伝いの浅野由起子にチャーハンなどを渡すべきだろう。

しかし、大河内房江は三郎に門からはいって庭へ回り、和室の廊下にラーメンとチャーハンを置くようにと指示した。それは房江が三郎の顔を、見たいがためだった。顔を合わせたうえで、短いやりとりを交わす。

「お待ち遠さま」

「どうも、ありがとう」

「お元気ですか」

「おかげさまで……」

「腰の調子、いかがです」

「今日は、とても調子がいいの」

「転ばないように、気をつけてください」

「あなたも、元気でね」

「ええ、毎度、どうも……」

「どうも、ご苦労さまでした」

これだけで房江は満足し、にこやかに三郎を見送ることになる。

この日も正午すぎに、門から大河内家の邸内へはいった。バイクも、門の中に停める。玄関を正面に見て、右手が庭になっていた。いつものように、八畳の座敷の廊下に銀盆が用意されている。

そのお盆のうえに、三郎はラーメンとチャーハンを置く。房江は、庭の隅にいた。スコップを、手にしている。小さな木を、植えていたらしい。

「お待ち遠さまでした」

三郎は、房江に声をかけた。

房江は振り返ったが、珍しく無言でいた。その代わり、房江は手招きをした。ここまで来てくれ、という意味である。三郎は芝生を突っ切り、花壇をまたいで房江の背後に立った。

「暑くなりましたね」

真っ青な空を、三郎は振り仰いだ。

「ほんと」

幼木に添え木をしている房江の額から、汗が滴り落ちた。

「それ、何の木ですか」

「これは、コアジサイっていうのよ」

「紫陽花《あじさい》の仲間ですかね」

「そうね。このコアジサイは日本の特産なのに、関東以西にしか生えないんですってよ。間違いなく根付くからって頂戴《ちょうだい》したんで、ここに植えてみたんだけどね」

「花は、咲かないんですか」

「来年のいまごろには、咲くんじゃないのかしら。新しい枝の先に青みがかった紫色の小さな花が、房みたいにたくさん集まって咲くそうだわ」

「紫陽花と、変わりませんね」

「だけど、こういう小低木ですもの。花も地味で、あんまり目立たないんじゃないかしら」

「それでも、来年のいまごろが楽しみじゃないですか」

「それがねえ」

房江は、立ち上がった。

「ええ」

いつもの房江と雰囲気が違うと、三郎は直感した。

「わたし、もうここにはいないの。今月中に、引っ越そうって決めたのよ」

房江は、意外なことを口にした。

「ほんとですか」

三郎は身内をひとり、失うような気持ちにさせられた。

「ここに住んでいても、まったく意味がないでしょ。だから、もっと空気が澄んでいて気候も温暖な土地で、本格的な隠居生活を送ろうって決心したの」

「どこへ、引っ越されるんですか」

「下田の別荘よ」

「由起子さんも下田までは来てくれないんで、わたしひとりで暮らすことになりますけどね」

「伊豆ですか」

「この家は、どうするんです」

「売ることに、決めたわ。建物には一文の値打ちもありませんけど、土地に価値がありますからね」

「三百坪だもんな。安く売っても、十億近くなるでしょ」

「そんなに、欲張りません。隠居生活のための資金が、手元に残ればそれで十分だと思っています」

「何かほんとに、ひとりぼっちになってしまうみたいですね」

房江の後ろ姿がひとまわり小さくなったように、三郎の目には映じた。

「一休軒のラーメンはもう食べられないし、あなたともお別れだわ。そこであなたに、折り入ってお願いがあるの」

房江は、向き直った。

「ぼくにですか」

房江の頼みが何か見当もつかないことから、三郎は戸惑いを覚えていた。

「わたしが無条件に信頼できる人となると、あなたしかいないっていう気がするんです。きっと、あなたが血のつながった孫のように、思えるからでしょうね。それで、あなたにお願いしておきたいの。ただ、この話はあなたとわたしだけの秘密っていうことにして、絶対に他言は無用にしていただきたいわ。約束してくださるかしら」

房江は表情を固くして、三郎の目を凝視した。

「いいですよ、約束しましょう」

房江に悲壮感のようなものを認めて、三郎の動悸《どうき》はにわかに激しくなっていた。

「でしたら、お願いします。わたしの身にもし万が一のことがあったり、今日から向こう一年半のあいだわたしから何の連絡もなかったりしたときは、知っている刑事さんにでも頼んで、このコアジサイの木を見てもらってください」

房江の目つきには、冗談のカケラも見当たらなかった。

「奥さんの身に万が一のことがあったり、一年半も行方不明になったりって、そんな恐ろしいことは考えられませんよ」

房江の不気味な頼みを聞いていると、三郎は白昼の明るさに違和感を覚えそうであった。

「縁起でもないって、笑い飛ばしたりしないでくださいね。わたし本気で、お願いしているのよ」

白髪を躍らせて、房江は左右に大きく首を振った。

「よく、わかりました。何かあったら、刑事さんにこの木を見せればいいんですね」

威圧されたように、三郎は背筋を伸ばしていた。

「どうか、お願いします」

房江は、深々と頭を下げた。

その後、三郎は十日ばかりこれまでどおりに、大河内邸へラーメンとチャーハンを運んだ。六月二十二日から三日がかりで房江と浅野由起子は、引っ越しのための荷物をまとめたようだった。

六月二十六日には引っ越しセンターのトラックと、数人の従業員が大河内家を訪れて荷物の梱包《こんぽう》と搬出に汗を流した。午後になって、二台の大型トラックが伊豆の下田へ向かった。

家具などの配置を一任された浅野由起子も、トラックに乗っていった。六月二十七日に、房江は移転することを告げるとともに近所への挨拶《あいさつ》に回った。六月二十八日、お手伝いをやめた浅野由起子が大河内家を去った。

この日は、三郎との別れでもあった。正午にこれが最後だという一休軒のラーメンを食べてから、房江は呼んであったタクシーに乗り込んだ。三郎は門前に立って、房江を見送った。

それから、一年がすぎている。

下田の別荘の電話番号を、房江は三郎に教えなかった。したがって三郎のほうから、房江に連絡したことはない。一休軒にも房江の名前で、三郎にあてた電話はかかってこなかった。郵便も、届いていない。

しかし、房江との契約は一年半がすぎても、音信不通だったらということになっている。まだ一年半には、達していない。これから房江は、連絡してくるかもしれないのである。それに、房江の身に万が一のことがあったと推定されるような事実は、新聞もテレビもまったく報じていない。三郎はニュースに気をつけているが、房江に結びつくような事件も事故も起きていない。

ところが、ここへ来て急に大河内邸の取り壊し作業が始まった。噂《うわさ》によると取り壊しがすんだあと、整地の作業に移るという。そうなるとコアジサイの木も、抜かれるか圧《お》し潰《つぶ》されるかする恐れがあった。

三郎は、あわてた。コアジサイの木は今年いっぱい、あのままにしておかなければならない。そうでないと、房江との約束を破ることになる。

それが不可能ならば、いまのうちに知り合いの刑事にコアジサイの木を見てもらうしかなかった。三郎は四、五日、考え込むことになった。その結果、三郎は伊東部長刑事に相談してみようという答えを、出すことになったのである。

「こういうことなんですが、何とかなりませんかね」

そのように説明を結んで、高井三郎は溜《た》め息をついた。

「おれは伊東だし、房江さんは伊豆へ引っ越した。伊豆には伊東温泉があるっていうのも何かの縁だろうから、喜んで相談に乗らせてもらいますよ。だけど、まだ捜査の対象となる事件《ヤマ》じゃないからね」

伊東部長刑事は、しきりと小首をかしげるようにした。

「とにかく、例の木を見てもらいたいんですけど……」

三郎は、エンジンをとめた。

「そうしよう」

伊東刑事は、助手席のドアをあけた。

車の中はエンジン停止で静かになったが、代わりにショベルカーと家屋破壊の騒音が大きく聞こえた。それに、ムッとするような暑さが、伊東刑事の身体にまとわりついた。

ショベルカーの出入口として、すでにコンクリートの塀の一部が崩されている。伊東と三郎は、そこから庭の中へはいった。出て行けという手振りをしながら、黄色のヘルメットをかぶった作業員が近づいて来た。

「ちょっと、見てみたいものがあるんですよ」

伊東が、警察手帳を提示した。

「そうなんですか」

何を調べるのかというように、作業員は目をまるくした。

三郎は庭の隅へ、伊東を案内した。そこでは、やや生長したコアジサイが緑の葉を、風に震わせていた。今年のコアジサイは、花を付けている。

幼くて貧弱という感じがしないでもないが、青みがかった紫色の花の集団が可憐《かれん》であった。三郎は去年の六月の房江のことを、懐かしく思い出していた。

「これが、問題のコアジサイか。しかし、房江さんはどうしてこれを、刑事に見せたがったんだろうな。見たところ、ただの低木と花ってことじゃないか」

伊東はコアジサイのまわりを一周して、四方から角度を変えて眺めやった。

「刑事さんが見れば、何かわかるんだと思っていたけど……」

三郎はしゃがみ込んで、低木の根元のあたりを覗《のぞ》いた。

「冗談でしょう。花なんて美しいものには縁がないし、植物に関する知識もゼロだからね。

鑑識さんならとにかく、われわれの目にはコアジサイとその花としか映らないね」

「この低木の茂みの中に、何かが隠してあるってことはないでしょうね」

「それなら何も、刑事の目は必要としないでしょうよ。誰が捜したって、見つかるんだから……」

「じゃあ、コアジサイの根っ子のあたりを掘れば、何かが埋めてあるっていうのはどうですか」

「それだって何も、わざわざ刑事を連れてくることはないだろう。房江さんはいざとなったらコアジサイの根っ子のところを掘ってくれって、三郎君に頼んだはずだ」

「そうなると、刑事さんに見てもらってくれというのは、何のためだったんでしょうね。ますます、わからなくなる」

「こっちにしたって、雲をつかむような話だね」

「刑事さんが見たら、どうなるっていうんでしょう」

三郎は恨めしそうな目で、コアジサイの花を見守った。

「刑事にできるのは推理と推定によって、何かの謎を解くことだろう。房江さんは、それをアテにしたのかもしれない」

伊東は、サングラスをかけた。

この場で、結論が出ることではない。一休軒の開店時間も、迫っている。いまは、引き揚げるしかなかった。伊東は念のためにヘルメットをかぶった作業員を呼び、コアジサイの周囲にロープを張って立入禁止とするように依頼した。

3

久我山署へ戻った伊東部長刑事は、三郎から聞いた話をそのまま柴田捜査一係長に伝えた。実際にコアジサイを見て来たが、ただそれだけに終わったということも報告した。

「冗談や悪戯《いたずら》じゃなくて、大河内房江が本気で言ったことだったとしたら、どんなふうに想定するかね」

柴田係長は椅子《いす》の背にもたれて、伊東部長刑事を見上げた。

「大河内房江は、身の危険を感じていたんじゃないでしょうか。ただし、大河内房江にもその確信はない。危害を加えられるという証拠もないし、具体的な事実も出来事もなかった。あくまで、もしかするとという不安だったんです」

柴田係長のメガネを見て気づき、伊東刑事はかけていたサングラスをはずした。

「つまり、疑わしいという段階だな」

柴田係長は鉛筆を、タバコのように銜《くわ》えた。

「危険人物から、何か怪しいというものを感じ取ったんです。まさかとは思うが、あるいはという疑心暗鬼でしょう」

伊東刑事は、左手の爪を噛んだ。

「危険人物というのを、大河内房江は特定していたんだ」

「それは、当然だと思いますよ。こいつはと危険人物を特定したうえで、大河内房江は不安を感じたんでしょうから……」

「そのとき大河内房江はなぜ、危険人物を遠ざけるか絶縁するかしなかったのか」

「ですから大河内房江にはまだ、考えすぎだ思い過ごしだという否定の気持ちが強かったんです。勝手に危険人物だなんて疑ってしまったけど、この人がそんな悪人であるはずはないって、大河内房江は自分に言い聞かせたりしたんでしょう。房江には、そういう心の葛藤《かっとう》があったんです」

「誰かに、相談することもなかったんだろう」

「大河内房江は、天涯孤独ですからね。やたら赤の他人に相談してもボケているんじゃないのかとか、老いの繰り言とか、年寄りの妄想とか、一笑に付されることを恐れたんじゃないんですか」

「それに特定した人物の実名を挙げるとなると、責任重大だからな。相手にそのことが知れたら、名誉毀損《きそん》で訴えられるかもしれない」

「大河内房江は、殺されるかもしれないという不安を抱いていたんでしょう。殺人となると、確かな証拠がない限り口に出せませんよ。相談されたほうだって、まずは取り合ってくれない。仮に大河内房江が、うちの署の防犯あたりに相談に来たって、警察としては何もできないということでお引き取り願いますよ」

「それで大河内房江は一休軒の三郎君に、謎めいた言葉を残していった」

「その場合も大河内房江は、万が一という言い方をしております。伊豆の下田へ移転する直前という時点でも、大河内房江にはなお確信がなかったんでしょうね」

「独り暮らしの七十すぎの老人に、殺害される理由なんてものがあるんだろうか。本人には何か心当たりがあったんだろうが、殺される可能性についてはどうなんだ」

「金銭上のトラブルでしたら、大いに考えられます」

「西荻北五丁目の土地を売って、大河内房江は大金を手にしている。その大金をめぐるトラブル、あるいは大金を奪うための殺人ってことか」

「そうです。金持ちで身寄りのない独り暮らしの老人には、起こり得ることです。そういう老人は、やさしくしてくれる人間を簡単に信じます。そのうえで騙《だま》され、裏切られ、殺されるという事件は、いくつか前例があります」

「大河内房江の身のまわりの世話をしていたのは、お手伝いだけだろうな」

「浅野由起子、四十一歳。大河内家に住み込んでのお手伝いを一年ぐらい務めたって、三郎君から聞きました」

「十一カ月間、毎日の昼食に飽きもしないで、チャーハンを食べ続けたという豪傑のことか」

「三郎君の詳しい話によると、チャーハンばかりじゃなかったようですよ。チャーハンのときもあった、ということでしょう」

「まあ、大河内房江から三郎君が頼まれたというコアジサイの件が、気になることは気になる」

「何かのメッセージかシグナルだと、受け取りたくなりますがね」

「しかし、事件としてはとても、受け付けられるようなことじゃない。いずれにしても、大河内房江の無事を確認することが先決だろう」

「そうですね」

「チョウさんに、非公式っていうことで調べてもらおうか。ただし、ほかに人手は割けない」

柴田係長は、思い出したように扇子を使った。

「わかりました」

伊東部長刑事にしても、張りきって行動を起こすといった充実感は抜きであった。捜査一係の刑事として、やり甲斐のある仕事ではないという先入観が働いている。大河内房江の無事を確認するなど、ベテラン刑事がやることではない。

殺人ということで、立件されてもいないのだ。すべてが、想像によっている。そうした非現実的なことに、動かされるのであった。まるで物語の世界に刑事が迷い込んだようなもので、闘志や意欲が熱くなって湧いてこないのだ。

だが、いまさら逃げられない。乗りかかった船ということで、諦《あきら》めるほかはなかった。高井三郎に頼られたことが、そもそもの不運というべきだった。

まず杉並区内の引っ越し専門業者に電話をかける。去年の六月下旬、杉並区内から伊豆の下田まで荷物の搬送があったかどうかを問い合わせるのであった。

三軒目の西京引っ越しサービスセンターで、そうした業務があったという返事をもらう。伊東部長刑事は、搬送先の住所と電話番号を訊《き》いた。それらの記録はまだ残っているということで、直ちに明らかになった。

下田市の吉佐美というところで、外国大使館の別荘の北西に位置している。下田市の中心部から南西にはずれていて、山を背負っているが海の眺めが素晴らしいと、そんな説明付きであった。

ここまでは、簡単だった。

しかし、肝心な電話が、何度かけても通じなかった。現在この電話は使われていないと、テープの声が繰り返されるだけである。伊東刑事はやむなく、ＮＴＴの下田営業所に問い合わせた。

結果はやはり、使われていないということであった。今年の一月から、電話の契約を打ち切ったという。理由は半年のあいだ基本料金も未払いであり、訪問しても留守だし、大河内房江の連絡先も不明だからであった。

電力会社の営業所に照会したところ、電気も切られているということである。伊東刑事は、にわかに緊張した。大河内房江は引っ越した直後から、移転先の家に住んでいないらしい。

やはり、大河内房江は消えている。そうなると、房江の無事は確認できない。房江は東京から下田へ引っ越して、間もなく所在不明となったのである。

あまりにも、不自然だった。すでに一年以上がすぎているので、旅行中ということはあり得ない。房江は何らかの事件か事故に、巻き込まれた可能性が大きい。

わたしの身に万が一のことがあったらと、引っ越しを目前に房江が残した言葉が、いま犯罪の匂いを強めている。不幸にも予測どおり、房江の身に何かが起こったのだ。不安が、的中したのであった。

身寄りがなく友人知人も少ない老人が、東京から馴染《なじ》みの薄い土地へ移転したとたんに失踪《しっそう》する。房江が行方不明になったことに、気づく人間はいなかった。誰も捜索願を、出したりはしない。

それがもし計画的な犯行だとしたら、狙《ねら》いはその辺のところにあったのかもしれない。房江の行方不明は知られることもなく、永久に事件にならないのである。そうなれば、完全犯罪だった。

下田の家を、調べてみなければならない。たとえ捜索願が出ていなかろうと、房江の行方不明を察知した以上、知らん顔はできなかった。犯罪の見通しも十分に立つことだし、警察が捜査に乗り出しておかしくはなかった。

柴田係長も、それを許可した。しかし、静岡県警に協力を要請して、公然の捜査とするのは時期尚早といえた。あくまで、房江の生死を確かめるための内偵、ということにしておくべきだった。

それで柴田係長はこの件を、刑事課長にも報告しなかった。柴田係長はほかの事件の捜査という名目で、伊東部長刑事と三上刑事に下田への出張を命じた。

翌朝は、早い時間の出発となった。三時間たらずの旅を終えて十時二十分に、伊東部長刑事と三上刑事は伊豆の下田に到着した。途中の伊東駅で、伊東部長刑事はニヤニヤしていた。

下田駅からタクシーで、大河内家の別荘へ向かった。タクシーに乗ったのは、運転手に目的地まで案内してもらうためだった。外国大使館の別荘の北西と告げただけで、運転手は道に迷わなかった。

海に面した丘陵地帯を一周する道路から、やや南へはいったところに大河内家の別荘はあった。道路の反対側には、民宿が多かった。だが、大河内家の別荘の周辺には、人家が見当たらない。

敷地も広いのだろうが、夜は無人の世界となりそうである。東と南の視界は開けていて、海の眺望が雄大であった。北と西は、樹林に囲まれている。

いちおう石を積んだ塀が、無断侵入を拒むように巡らされていた。しかし、鉄柵《てっさく》の門扉には、鍵がかかっていなかった。昼間は結構な別荘だが、夜になると不用心な住まいに感じられるだろう。

玄関のポーチまで、一本道が続く。手入れがされていないので、敷地内の草は伸び放題であった。木の葉も、緑色の天井を作っている。自然に荒れているので、かえって夏の気分を味わえる。

この別荘の建物も、かなり古いようだった。純和風の木造建築で、それほど広いという外観ではない。ポーチ付きの玄関とその周囲だけが、洋館の造りであった。

建物が古いうえに、樹木の枝が家に覆いかぶさっていた。人の気配がなく昼間の静寂と草いきれ、それに樹木の緑の匂いのせいか、故郷の廃家という歌が聞こえて来そうだった。

玄関のドアは、開かなかった。チャイムのボタンを押してみたが、どうやら鳴らないらしい。雨戸代わりのシャッターも、すべて降りていた。

勝手口のドアにも、施錠されている。三上刑事が、朽ちかけたハシゴを運んで来た。それで二階のバルコニーへ、上がろうというのである。三上刑事の姿は、あっという間にバルコニーへと消えた。

「オーケーですよ。シャッターが、壊れています」

三上の声が、降って来た。

伊東も、バルコニーへ上がった。なるほどシャッターが壊れて、斜めにぶら下がっている。その奥に、ガラス戸が見えている。伊東と三上は、白い手袋をはめた。

三上が、ガラス戸に触れた。ガラス戸が、音もなく開いた。ここだけ、鍵をかけ忘れたのだろうか。ガラス戸と障子をあけると、十二畳の座敷になっている。二階はこの和室と、バルコニーしかないようである。

家の中は、真っ暗であった。電気が切られていると聞いたので、大型の懐中電灯を用意して来た。伊東と三上は、階段をおりた。埃《ほこり》をかぶっているが、積もるほどではない。指で何かをこすると、跡が残る程度だった。

人間の生活が営まれていない家の中には、陰気な湿っぽさと澱《よど》んだ空気が立ち込めている。伊東は無言で、浴室の脱衣所を指さした。脱衣籠《かご》に着物が、投げ込まれていたからである。

二人の刑事は、脱衣所へはいり込んだ。伊東が改めて、脱衣籠を懐中電灯で照らした。そこには紫色の絽《ろ》の着物、クリーム色系統の帯、白の長襦袢《ながじゅばん》と腰巻、白足袋《たび》、それにバッグなどが認められた。

「大河内房江のものと、推定していいだろう」

「風呂に、はいったんですね」

伊東と三上はそろって、浴室のドアに手をかけていた。シャッターではなく、ガラス窓に面格子がはめ込まれている浴室は暗くなかった。

死臭を嗅《か》ぐ前に、二人の刑事は浴槽へ目を走らせる。長期間にわたり使用しなくても、水漏れがしないように特殊加工が施されているヒノキの浴槽であった。大人が何人か、浸かれる大きさである。

本来、空っぽのその浴槽の中に、白骨化した死体が横たわっていた。伊東部長刑事と三上刑事は、拍子抜けしたように顔を見合わせた。

4

伊東と三上からの連絡を受けた久我山署では、本庁に速報して応援を求めた。

警視庁は東京都の公安委員会に、静岡県公安委員会への協力要請を申し入れる。静岡県公安委員会は要請に応じて、静岡県警本部にその旨を伝達する。

警視庁と静岡県警は、合同捜査本部を下田署に設置した。この下田署の合同捜査本部というのは形式的なもので、警視庁と静岡県警の捜査員がそこに集結するようなことにはならなかった。

おのずと捜査範囲が、別々に決まってしまう。静岡県警は下田での聞き込みを受け持ち、警視庁は東京における捜査を分担する。そうした捜査の成果をまとめるのが、合同捜査本部の仕事になるのだった。

伊東と三上が大河内房江の死を他殺と見なしたのは、一本の帯締めによる。脱衣籠の中には帯揚げや腰ヒモなどの付属品もはいっていたが、帯締めだけがどうしても見つからない。

帯締めは和装に不可欠なもので、帯締め抜きの着物姿というのはあり得ない。念のために家の中を隈《くま》なく捜してみたが、帯締めは発見できなかった。

帯締めだけが、消えて失くなっている。それは何者かが帯締めを、家の外へ持ち出したことを意味する。すなわち房江が死亡したとき、ほかに人間がいたということになる。その人間が房江の死後、帯締めを持ち去ったのだ。

つまり、加害者である。

犯人は、房江が自然死を遂げたように偽装した。おそらく犯人は帯締めで、房江を絞殺したのに違いない。そのあと、身にまとっているものを残らず脱がせて、房江を全裸にする。そのうえで死体を、浴槽の中に寝かせたのだ。

いつの日か死体が発見されても、房江は風呂の中で急死したものと判断される。そういうことを、期待しての偽装だった。しかし、凶器を人目につかない場所に隠すという犯罪者の心理から、犯人は帯締めを持ち去るとの大失態をやらかしたのである。

伊東部長刑事は、そうした事実と推定を署に伝えた。久我山署と本庁捜査一課では伊東の報告を検討して、殺人事件と断定したのであった。

それを裏付けるには真っ先に、白骨死体が大河内房江であることを立証しなければならない。だが、完全に白骨化しているので、そう簡単にはいかなかった。

高井三郎の証言によると、去年の六月二十八日に見送ったときの房江の服装は、紫色の絽の着物にクリーム色の帯だったという。下田の大河内家の浴室の脱衣籠の中にあった着物や帯と一致したが、それだけで白骨死体を房江とするには不十分である。

脱衣所の鏡の前に、指輪と婦人用腕時計が置いてあった。指輪と腕時計は入浴前にはずすことを考慮して、これも加害者が偽装したものと思われる。

プラチナ台にオパール、サイズ9号の指輪。それに婦人用の腕時計は、百パーセント房江のものに違いない。だが、それだからといって指輪も腕時計も、白骨死体が房江であることの決定的な証拠にはならない。

静岡県警の科学警察研究室、及び静岡医大法医学教室による白骨鑑定の結果は、次のような要点から成っていた。

死後一年以上が経過。

推定性別、成人女性。

推定年齢、頭蓋骨鑑定によると五十歳以上。
推定身長、一・五八メートル前後。
骨に損傷、傷跡、骨折の形跡なし。
頭部に、毛髪十数本の残存あり。そのうち、八割が白髪。
毛髪による血液型鑑定はO型。
上下顎ともに、総義歯。総義歯を装着後、推定十年以上が経過。

白骨死体が房江か否かを判定するには、総入れ歯と毛髪が決め手になる。警視庁捜査一課と久我山署は、身元特定班を編成した。身元特定班は更に二班に分かれて、それぞれが義歯と毛髪を担当した。

ほかに、脱衣籠にあるバッグの中から見つかった銀行の預金通帳の線を追う捜査班も、活動を開始した。その預金通帳は、大河内房江の名義になっていた。東京の都市銀行に、房江は預金していたのである。

残高は、かなりの金額になっている。印鑑も同じバッグに入れてあるのに、犯人は預金通帳を奪わなかった。財布の中の現金にも、手をつけていない。そこに何か意味があるとすれば、預金通帳班の任務も重大といえるだろう。

預金通帳の最後に記入されているのは、一億円の入金であった。去年の六月一日に、イタノフドーサンというところから一億円が振り込まれている。

その日のうちにイタノフドーサンとは、渋谷区笹塚二丁目にある『板野不動産』だということが明らかになった。板野不動産は町の不動産屋よりやや規模が大きく、事業内容も多岐にわたっている。

従業員が、五人ほどいた。社長は板野次史《つぐし》という男で四十八歳、愛想がよくても目つきが鋭かった。口数が多くて、大声で笑ってばかりいた。

この板野次史を事情聴取のため、参考人として久我山署まで同行する。板野次史は動揺することもなく、任意同行に応じた。参考人なので取調室ではなく、刑事課の一隅を衝立で囲んだ急造の別室へ、板野次史を案内した。

伊東部長刑事と三上刑事が、板野次史と相対することになった。初めに伊東が、下田の大河内家の別荘で房江らしい白骨死体が発見されたことを、板野次史に告げた。

「ええっ！　何ですって……！」

刑事課の部屋中に聞こえるような声を張り上げて、板野次史は文字どおり飛びあがって驚いた。

「あなたは去年の六月一日に、大河内房江さんの銀行の口座へ一億円を振り込んでいますね」

伊東刑事は、唇の端を曲げるようにして喋《しゃべ》った。

「ええ、振り込みました」

目を一回転させてから、板野次史は答えた。

「その一億円は、どういう性質の金でしょうか」

「土地の代金として、支払ったんですよ」

「杉並区西荻北五丁目、大河内さんが所有していた土地ですね」

「そうです」

「あなたはその土地を、一億円で買ったんですか」

「いや……」

「そうでしょうな。杉並区の高級住宅地の土地が三百坪で一億円とは、いくら何でも安すぎますからね」

「ですけど、こっちも商売ですからね。決して、いい値はつけませんよ」

「あの土地を、大河内さんからいくらで買ったんです」

「三億でした」

「それでも、坪百万とは大安売りじゃないですか」

「大河内さんは、死ぬまでに使いきれないお金なんて持っていても仕方がないということで、実に無欲でしたよ」

「しかし、あなたは大河内さんの口座に、一億円しか振り込んでいない」

「あれは手付金ということで、とりあえず三分の一を支払ったんです」

「あとの二億円は、いつ振り込んだんですか」

「銀行振り込みではなく、キャッシュで支払いました。大河内さんが現金を、ご希望だったんで……。正確な記憶じゃないんですが、去年の六月二十日ごろの夜、西荻北のご自宅に現金二億円を持参しました」

「二億円もの現金が、どうして必要だったんですか」

「わたしがそんなことを、知るわけないでしょう」

「大河内さんが二億円の現金を使った形跡はないし、どこからも見つかっていないんですがね」

「架空名義で、隠し預金にでもしたんじゃないですか」

「それでも、預金通帳は残るはずですよ」

「わたしを、疑っているんですか」

「あなたは三億円で買った土地を、東西住宅という会社に六億円で売却していますね。ロきき料だけで、三億円の利益ですか」

「それが、商売なんですから……」

「一億円しか受け取らずに大河内さんが死んでくれたら、あなたの利益は五億円になるじゃないですか」

「ひどいなあ、そんな言い方……！　二億円の現金と引き替えに、大河内さんから受け取った領収証だってありますよ」

「そんな領収証なんて、その気になればいくらでも用意できますよ。それより、二億円という金の出所を説明してくれませんか。あなたの口座から引き出したのか、それとも銀行から借りたのか……」

「物件の売買で得た利益をかき集めて、工面したというふうにしか答えようがありませんね」

板野次史の赤ら顔に、だいぶ青白さが増していた。

「あやふやですな」

伊東刑事は、左手の爪を嚙んでいた。

一方で義歯捜査班は、杉並区内の歯科医を房江とかかわりがあるとして突き止めていた。房江は十数年前まで、この歯科医のもとへ通院していたのだ。

そうした関係で房江が総入れ歯にするとき、新宿にある義歯専門の診療所を紹介したという。捜査班は、新宿の診療所へ急行した。そこでは歯科医と技工担当者が、白骨死体の口の中にあった上下の総義歯を調べた。

そして、大河内房江の義歯に間違いないという結果が、出たのだった。

毛髪捜査班のほうは、より大がかりな捜索を続けていた。毛髪捜査班は、杉並区西荻北五丁目の旧大河内邸へ赴いて、家屋の取り壊し作業を中止させた。

そのうえで浴室があった場所を特定して、捜査員がスコップを手に手に発掘を始める。慎重に掘り起こしては、毛髪を捜すのである。風呂場跡には人間の毛髪が、必ず埋もれているものなのだ。

やがて十本以上の毛髪を、採取することに成功する。この毛髪の一部と白骨死体の頭に付着していた毛髪の照合鑑定の答えは、血液型がO型で一致、形状も特徴が類似することなどから同一人のものとして差し支えなし、と出たのであった。

これで、白骨死体は大河内房江であることが確定した。

静岡県警による下田とその周辺の聞き込み捜査は、空振りに終わることになった。大河内房江あるいはそれらしい老齢者を、見かけたという人間がひとりもいなかったのである。

しかし、収穫ゼロということが、逆に大収穫となるのだった。房江は下田市内のスーパーや商店に、まったく立ち寄っていないということになる。下田の大河内家の冷蔵庫は空っぽで、一日たりとも食生活が保てる状態にはない。

それにもかかわらず、房江は食料品も買いに出向いていないのだ。店屋ものの出前を、頼んでもいなかった。そうなると房江は大河内家の別荘で、一日も生活していないと推定できる。

房江と顔を合わせている下田市民は、たったのひとりだけだった。下田駅から大河内家の別荘まで、房江らしい客を乗せたというタクシーの運転手である。

その運転手が大河内家の別荘の前で房江を降ろしたのは、去年の六月二十八日の午後五時三十分ごろだったと判明している。房江は別荘の中へはいった直後に、殺害されたと見るのが妥当な推定であった。

杉並区西荻北五丁目一帯の聞き込み捜査で、俄然《がぜん》クローズアップされたのは浅野由起子の謎の存在である。一年間も大河内家に住み込んでいながら、このお手伝いの正体を知る者がいなかったのだった。

房江と浅野由起子が、どういう経緯で親しくなったのか。浅野由起子は何がキッカケで、大河内家のお手伝いになったのか。浅野由起子は、どこから来たのか。どんな過去の経歴を持ち、いかなる生活環境に置かれているのか。

結婚の経験があるのか、子どもがいるのか、親兄弟は健在なのか、出身地は何県なのか。何が動機で、実の娘以上にやさしく房江に尽くす気になったのか。

こういった質問には、誰もが沈黙することになる。風のように現われて、一年間だけ親身になって房江の世話をして、また風のように去っていったお手伝い。これが、近所の住人の浅野由起子に関する印象なのであった。

だが、思わぬことから、浅野由起子の正体が明らかになった。

5

去年のゴールデンウィークに、浅野由起子は新宿で自家用車と接触、路上に転倒した。そのとき警官が駆けつけて、運転者と浅野由起子の双方から事情を聞いたらしい。

「親切っていうより、過保護ですよ。由起子さんには、かすり傷ひとつなかったんです。それなのに警察の人が救急車を呼んで、病院で精密検査を受けるようにって……」

房江が隣家の主婦に、そんな話を聞かせたという。新宿、四谷、戸塚の三署に問い合わせたところ、四谷署の交通課で該当する事故の記録が見つかった。

被害者は、野々宮雪子、三十九歳となっている。姓名も年齢も、浅野由起子と一致しない。名前の雪子と由起子に、共通するものが認められるにすぎなかった。住所も、渋谷区幡ヶ谷三丁目の青葉マンションと、まるで違っている。

しかも、青葉マンションに野々宮雪子という女は実在した。青葉マンションは、四階建ての小さな賃貸マンションだった。その二階の部屋に、野々宮雪子はひとりで住んでいた。無職だという。

だが、一昨年の七月ごろから一年間、野々宮雪子は姿を消していたということを、捜査員が聞き込んだ。たまの休日に帰ってくるほかは、マンションに住んでいなかったようである。

また野々宮雪子には男がいたと、マンションの住人たちは声をひそめる。夜遅くなって訪れるので、まともに顔を合わせたことはないが、雪子がマンションに入居したときから、同じ男が通って来ているというのだ。野々宮雪子はその男に、愛人として養われているらしい。

伊東部長刑事は高井三郎を連れて、青葉マンションの正面の路地に張り込んだ。待つこと一時間半で、外出する野々宮雪子がマンションから現われた。

「あっ、浅野由起子だ。あれは、浅野由起子ですよ」

高井三郎は、伊東刑事の背中をどやしつけた。

浅野由起子と野々宮雪子は、やはり同一人物であった。当然、野々宮雪子が本名である。それが浅野由起子という偽名で一年間、大河内家のお手伝いになりすましていたのだ。

七月十五日になって板野次史が再び、任意同行を求められて久我山署へ出頭した。今回はもはや単なる参考人ではなく、重要参考人としての扱いを受けることになる。

事情聴取の場所も、取調室であった。机を挟んで、伊東部長刑事と板野次史が椅子にすわる。三上刑事は、取調室の入口付近に突っ立っていた。

「去年の六月二十八日、あんたはどこで何をしていましたかね」

伊東刑事は、いきなり本題にはいった。

「一年も前のことを、いちいち記憶しているもんですかね」

板野次史の大きな声が、六畳の広さの取調室に響き渡った。

「だったら、思い出してもらいましょうか」

伊東刑事は、卓上に灰皿を置いた。

「まあ、無理でしょうな」

不貞腐れたような態度で、板野次史はタバコに火をつけた。

「あんたの奥さんと、板野不動産の社員のみなさんが協力してくれましたよ。あれこれ調べたり、関係者に問い合わせたりして、去年の六月二十八日のあんたの所在を割り出してくれたんです」

「そんなのは、いい加減ですよ」

「それによると去年の六月二十八日、あんたは午前九時半ごろに笹塚の板野不動産に顔を出している」

「当たり前でしょうよ」

「ところが三十分後の十時ごろ、あんたは自分のメルセデスC２００を運転して出かけた。そのとき今日は戻らないと、社員のひとりに伝えています」

「それはもう、毎度のことですよ」

「その日、あんたが世田谷区代田の自宅に帰りついたのは深夜の十二時」

「そうですか」

「あんたは奥さんに、おみやげを渡していますよ」

「そんなこと、覚えちゃいませんよ」

「おみやげを持って帰るのがあまりにも珍しいんで、奥さんのほうは忘れていなかった。おみやげというのが、七尾たくあんだったことも奥さんは覚えていた」

「たくあんが好きな女房なんで、みやげに買って来たんでしょうよ」

「七尾たくあんは伊豆山の特産品で、名物ということで熱海のみやげとして売っている。

去年の六月二十八日には大河内房江さんだけじゃなく、あんたも伊豆へ向かったっていうことですよ」

「だったら、どうだっていうんです」

「板野不動産の帳簿と取引先を調べたんですが、あんたに二億円を支払う余裕なんてなかった。最初の一億円を工面するのが、あんたには手いっぱいだった」

「どこの間抜けが、そんなデタラメを言ったんです」

「個人としても会社としても、あんたはいっさい融資を受けていない。多額の借金もしていない。それに、億単位の利益を得るような取引や商売もなかった。どうやったって二億円の現金が、生まれてくるはずはなかった。それにもかかわらず、あんたは去年の六月二十日ごろ二億円の現金を、大河内房江さんに支払ったと言い張る」

「それが、事実なんですよ。わたしは二億円の現金を、間違いなく大河内さんに渡しているんです」

「だったら、二億円をどこからどうやって集めたのか、はっきりさせてくださいよ。誰が、融通してくれたんです」

「そいつは、調べてみないと……」

「こっちはもう、調べているんです。嘘をつくのは、やめなさいよ」

「嘘じゃありませんよ」

「初めから大河内さんの土地を、一億円で騙し取る計画だったんでしょう。一億だけ払って、残金は頰かぶりをする。そうすれば一億円の土地を六億円で売って、あんたは五億円という大金を労せずしてわがものにできる。あんたはそういう計画を、そのとおり実行した」

「想像や推理を、押しつけられたんじゃかないませんよ」

「土地の売買にしても、そうじゃないんですか。まずは、カモの選定から始める。カモの条件は、三つある。板野さん、そうなんでしょう」

「何のことなのか、わたしにはさっぱりわかりません」

「カモの条件の第一は、高齢者であること。条件の第二は、いい場所にすぐ売れるような土地を所有していること。条件の第三は、身寄りがなくて独り暮らしをしていること。この条件はつまり財産分与を申し出るような血縁者がいなくて、行方不明になっても騒ぎ立てる関係者がいないことを、計算してのうえでしょう」

「馬鹿々々しい」

「大河内房江さんは、その三条件にぴったりだった。ところが大河内さんには、土地を売るという意思がなかった。大河内さんは、あそこに骨を埋めるつもりでいた」

「違う！　わたしは大河内さんから、土地を売ってくれって頼まれたんです」

「そこで、あんたの助手が登場する。大河内さんに接近して打ち解けた仲になり、すっかり気に入られて信用もされるという女が、洗脳の役を引き受けるんです。その浅野由起子と名乗る女は、やがてお手伝いとなって大河内家に住み込む」

「それが、わたしの助手なんですか」

「実の娘以上に、親身になって尽くす。親切とやさしい心遣い、これに孤独な高齢者はいちばん弱い。大河内さんも、浅野由起子に気を許した。そうなれば、洗脳は容易ですよ。浅野由起子は一年がかりで、徐々に洗脳していく。その結果、大河内さんは西荻北の土地を売って、下田の別荘で隠居生活を送ろうと決心する」

「浅野なんて女、聞いたこともない」

「次はあんたの出番で、大河内さんとのあいだで土地売買の話を進める。すべて、計画に基づいてのことですね」

「冗談じゃありませんよ」

「いや、これから先も綿密に計画されたことだ。第一点、大河内さんには一億円しか支払わない。第二点、残金は来月に払うとでも言っておく。第三点、大河内さんがこの世から消えても、何年か先まではわからない。第四点、大河内さんを殺害すれば何のトラブルもなく、一億円で土地が手にはいることになる。第五点、それを六億円で売却すれば、濡れ手で粟《あわ》の五億円の巨利を得る。こういう計画を、あんたは最後まで実行した」

「これが、事情聴取なんですか！」

板野次史は顔色を失って、荒々しく机を叩いた。

「入れてくれ」

床に落ちた灰皿を拾いながら、伊東は三上刑事に声をかけた。

三上刑事が、ドアを開いた。尾花警部補、浅野由起子こと野々宮雪子、付き添いの婦人警官という順序で取調室へはいってくる。野々宮雪子の厚化粧と白いスーツが一際、取調室では華やいで見えた。

「これじゃあ、取調べと変わらないじゃないですか！　わたしは、帰らせてもらいますよ！」

怒声を発して、板野次史は立ち上がった。

同時に板野の視線が、野々宮雪子へ向けられた。板野は愕然《がくぜん》となって、机に腰を打ちつけた。

「板野さん、浅野由起子すなわちあんたの愛人の野々宮雪子は、共犯の事実を認めましたよ。それにしても板野、青葉マンションと板野不動産がつい目と鼻の先とは、ずいぶん世の中を見くびったもんだな」

伊東部長刑事が言った。

野々宮雪子は目を伏せて、うな垂れている。板野次史も肩を落として、崩れるように椅子にすわった。一瞬、取調室が静まり返り、その間は全員が暑さを忘れていた。

五日後の午前中に伊東刑事と高井三郎は、旧大河内邸の庭に生えるコアジサイの前に立った。家屋の取り壊し作業は、中止されたままになっている。ショベルカーが陽光を浴びて沈黙し、あたりにはのどかな静寂が蘇っていた。

「大河内房江さんはいったん信じた浅野由起子を、いつの間にか怪しむようになったんですか」

高井三郎は指で、毛があるコアジサイの若枝を弾いた。

「浅野由起子と板野次史が他人同士じゃないみたいだって、疑いを抱いたんだと思う。もしそのとおりなら二人は何かを企んでいるって、大河内房江さんは不安を感じた。それで大河内さんは三郎君に何かあったら、このコアジサイを刑事に見せろって妙なことを頼んだんだろう」

伊東部長刑事は今日もハンカチをやめて、タオルで汗をふいていた。

「それで結局、大河内さんのメッセージとは何だったんです。伊東さんに、コアジサイの謎が解けたんですか」

「馬鹿にした言い方だな」

「まだ、解けてないんだ」

「おれはこう見えても、クロスワード・パズルの名人さ」

「クロスワード・パズルなんて、関係ないでしょう」

「いや、それが同じようなもんでね。コアジサイの文字の中には、浅野のアサ、由起子のコが含まれている。それでこれは、人名だとわかった。だけど、コアジサイだけではどうにもならない。ほかに、何かないかと考えた」

「何かありましたか」

「コアジサイとは、何科の植物か」

「さあ、知りません」

「ユキノシタ科だ」

「調べたんですか」

「調べずに、わかることとか」

「それで、ユキノシタ科をどうしたんです」

「コアジサイに、ユキノシタを加えてみた。すると、どうだ。コアジサイとユキノシタの十の文字が、すべて人名に当てはまるんだよ。コアジサイユキノシタの中には、アサノユキコがある」

「イタノツグシのツグが、ないみたいだな」

「その代わりに、ジシがある。次という字をツグではなく、ジと読めばジシになるだろう。ちゃんと、イタノジシが含まれている。しかも一字として無駄がないと来ているから、大河内さんも大したことを思いついたもんだ」

「わが身に万が一のことがあれば、それはアサノユキコとイタノジシのせいだと、刑事さんが読んでくれるだろうという期待を込めてのメッセージだったんですね」

高井三郎は一礼をしたうえで、コアジサイに向かって合掌した。

「それがメッセージじゃなくて、大河内房江さんの遺言になってしまった。花の咲く遺言だな、まさに……」

伊東部長刑事は、コアジサイを見据えた。

それに応えるように、青みがかった紫色のコアジサイの花が風もないのに可憐に揺れた。

尻を叩く女

1

上条敬一、三十九歳。

村井悦郎、二十八歳。

二人ともスーツを、きちんと着こなしている。ワイシャツは白と決まっているし、ネクタイを締めることを忘れない。髪型も平凡で、勤め人風である。サングラスなどは、かけたこともない。

だいたい、折り畳んだ新聞か丸めた週刊誌を手に持つことにしている。ほかに上条敬一のほうは、ブリーフケースを提げていた。背筋を伸ばし、姿勢よく歩く。絶対にあたりを、キョロキョロ見回したりはしない。

どう見ても、当たり前な企業のサラリーマンである。上条敬一が中堅どころの社員、村井悦郎がその部下という感じだった。たまたま家が近くなので一緒に帰宅するのだろうと、誰もが勝手に想像したくなる。

そういう二人になると、警察の不審尋問には引っかかることがない。これまでもただの一度として、パトカーや自転車に乗った警官に呼びとめられたことはなかった。

午前三時とか四時とか、挙動不審者がうろつく時間ではないということも、二人が見逃される理由のひとつになっている。もちろん二人のほうも、人通りの少ないところの派出所の前は歩かないように気遣っている。

今夜の二人は、東京目黒区の駒場一丁目にいた。目黒区の北端が、渋谷区と世田谷区のあいだに突き出た部分であった。近くに幼稚園や保育園があり、その中間に樹木の茂みの厚い住宅地の一部がある。

「上条さん、まだ十一時四十分ですよ」

ほとんど囁《ささや》くような声で、村井悦郎が言った。

「それだけあれば、十分だろう。強盗にとっていちばん恐ろしいのは、時間を無駄にすることだ。できるだけ時間を短縮して、仕事を終えるのが強盗ってものだからな」

強盗のベテランでもないのに、上条敬一はそんな講釈を聞かせる。

「おれが心配するのは、この時間にもう家族みんなが寝ているかってことですよ」

村井悦郎は寒い季節でもあるせいか、ブルッと身震いをした。

「下調べは、上々さ。ここぞと狙《ねら》いをつけた家に押入るときは、下調べこそ第一ってのが強盗だ」

上条敬一にとって、強盗は初めての経験であった。

村井悦郎に垂れている教訓はすべて、強盗の前歴がある友人から聞いた話の受け売りだった。上条敬一はすっかり固まった決意と度胸を頼りに、初めての強盗を実行に移すのだ。

「家族は、四人でしたね」

「うん」

「両親と息子と娘とかで……」

「父親は栄養食品会社の役員で、みずから健康な中年男の見本になろうと、早寝早起を信条としている。十時に就寝、朝五時に起床する」

「そいつは、すげえやあ」

「父親のそうした健康法に順応して、いまや家族全員が十時就寝、五時起床の習慣を守っているそうだ」

「その息子ですが、腕っぷしのほうはどうなんです」

「二十四歳で勤務先の企業でサッカー部の選手をやっているが、十日前に左足を骨折して入院中と来ている」

「娘のほうは、どうってことないでしょうね」

「十九歳の学生で、美人としか聞いてないな」

「十九歳の美人ですか」

村井悦郎は、とたんにニタリとした。

何に関しても、しっかりしているとはいえない村井悦郎であった。特に女のこととなると、病的にだらしない。根っからの女好きとか、好色男という言葉では表現に不足がある。

この女を抱きたいという欲望を感ずると、もうポーッとなってしまうらしい。頭の中が空っぽになるので、自制心も働かない。ただゾーッとするほど不気味な笑い方をするので、相手があわてて逃げてしまう。

それであまり、大事に至らずにすんでいる。その代わり、村井悦郎との結婚を承知する女は絶対にいない。それで村井悦郎は一段と性欲の処理に苦しんで、変質者のような一面が強まってくる。

「村井、女は眼中になしだぞ。おれたちが目をくれるのは、現金だけだぞ」

上条敬一も、その点に不安を感じていた。

まるで忠実な子分か手下のように、上条敬一の命令に従う村井悦郎だが、女のこととなると例外とはいえなくないのだ。

「わかっていますよ」

村井悦郎は、うなずいた。

「強盗は、時間との戦いだ」

上条敬一は素人らしく、強盗を意味するタタキという隠語を使わなかった。

二人は、目的地とする木造モルタルの住宅についた。新しくはないが、かなり大きい家である。上条と村井は、樹間を抜けて裏手へ回った。浴室の外側に立つ。窓の面格子がはずされて、地面に置いてあった。

新しい面格子と取り替える予定だろうが、その工事がまだ始まっていないことを、上条は下見によって承知していた。ブリーフケースから手袋を取り出して、二人はそれぞれそれをはめる。

上条が、ピストルを細くしたような器具を握った。それは上条が、苦労して手に入れた小型のガスバーナーであった。上条は位置を決めたガラスに向けて、火を放射させた。銃のような筒先から青い炎が勢いよく噴き出す。

浴室の窓の錠の片側のガラスに、半円を描くように上条は炎を浴びせる。それを何度となく、同じ軌道をたどって繰り返す。特殊ガラスでない限り、根気よく焼かれた半円形の線が軟弱になる。

その部分を軽く叩くと、ガラスがドアのように開く。上条は半円形のガラスをはずして、そっと地面に置く。半円形の穴から手を差し入れて、上下に半回転させると錠がはずれる。

上条は、浴室の窓をあけた。そこから上条、村井の順で浴室へ侵入した。超小型のバーナーは、ブリーフケースの中に詰め込んである。侵入してからの二人が所持しているのは、短刀とピストルである。

上条の手にあるのは、本物の短刀だった。だが、村井が内ポケットに差し入れているのは、オモチャほど安っぽくはないが弾丸も出ない模造ピストルであった。

廊下には、明かりがついている。見当のついている夫婦の寝室を目ざして、上条は廊下を進んだ。村井は何を思ったのか、途中から二階への階段をのぼり始めた。

上条は、襖《ふすま》二枚の出入口を見つけた。襖に耳を押しつけると、鼾《いびき》が聞こえた。ここに間違いないと、上条は目出し帽をかぶった。上条はガラッと音を立てて、二枚の襖を左右に開いた。

十二畳ほどの和室に、二組の夜具がのべてあった。向かって右側の布団のほうが、先に盛り上がって大きく揺れた。まずは、妻が目を覚ましたのだ。

「誰なの」

女の声がして、同時に雪洞《ぼんぼり》型のスタンドが点灯された。

薄暗いスタンドの明かりでも、あたりはよく見える。夫のほうも、飛び起きた。夫は五十すぎ、妻は四十五、六に見えた。上条は短刀を抜いて、鞘《さや》だけを腰に差した。

「きゃっ！」

妻が、悲鳴を発した。

「手荒なことはやめろ。わたしたちの命より、金のほうがいいだろう」

夫は、真っ青になっている。

「残らず金を出せば、殺すようなことはしない」

上条は夫婦の手足に、ガムテープを巻きつけなければならなかった。

それには、村井の手を借りる必要がある。ところが、その肝心の村井が、姿を消してしまっている。『村井』と、名前を呼んではまずい。『おい』と、大声で怒鳴るわけにもいかない。

そのころ村井は、二階の洋間にいた。十九歳の学生だという娘の寝室で、村井も目出し帽をかぶってから電気をつけた。娘はベッドのうえに、横向きになっている。いいケツをしているなあと、村井の異様に光る目は早くも娘の尻に向けられていた。

村井は、ベッドに近づいた。とたんに娘が目を開いて、まぶしそうに村井を見上げた。次の瞬間、娘は起き上がろうとしてもがいたが、尻餅をつくようにすわり込んだだけだった。

「静かにしろ。抵抗しなければ、これは使わない」

村井は改造したモデルガンの銃口を、娘の頬に押しつけた。

娘は夢中でうなずいたが、すでに泣き出していた。村井は、娘のパジャマの前を乱暴に開いた。むしり取られて、ボタンがあちこちへ飛んだ。形のいい胸のふくらみを、娘は必死に隠そうとする。

村井は、娘のパジャマのズボンに手をかけていた。ショーツも一緒に、強引にズボンを引きおろす。娘は拝むようにして、泣きながら抵抗を試みる。

しかし、両足をバタバタさせることで、かえってズボンもショーツも脱げやすくなった。娘のズボンとショーツはひとつに丸まって、ベッドの下へ落ちた。全裸にされた娘は、腹《はら》這《ば》いになろうとして暴れる。

そうはさせまいとする村井と、激しい争いになった。力の差というものによって間もなく、娘は仰向けになることを余儀なくされた。とにかく娘は、胸と下腹部を隠そうとすることに懸命なのであった。

そうした娘から村井は、処女というものの匂いを嗅《か》ぎ取った。処女と来ちゃあたまらねえと、村井は欲望が爆発しそうになった。そのうえ、アイドル歌手にいそうな美人だった。

それが村井に、十代にしては磨きのかかった肉感的な裸体を見せつけている。そうなっては、前後の見境のつかない村井である。村井は、狂ったような欲望に支配される。娘と肉体を結合することのほかに、村井の頭の中には何もなかった。

村井は、娘に馬乗りになった。娘の両腕を頭の後ろへ回して、両手にガムテープをきつく巻いた。口にもガムテープを貼って、娘の口を封じた。早く早くと気が急《せ》いて、村井は焦っていた。

村井はあわててズボンを脱ぎ、下半身をむき出しにした。少しの余裕もなく、村井は娘の下腹部に顔を埋める。薄い草むらをかきわけるようにして、まだ突起にもなっていない娘の小粒を探り当てる。

そのピンク色の小粒を中心に、村井は大きく舌を回転させる。そのような前戯に娘が反応するとは、村井も期待してはいない。村井の目的は、唾液《だえき》によって娘の亀裂を潤すことにあった。

娘は腰をよじって逃げようとする。その娘の腰を押しつけて、亀裂にも唾液を流し込む。

村井の怒張したものは、快感に痺《しび》れかけている。

村井は我慢しきれなくなって、娘の太腿《ふともも》を大きく押し広げた。みずからの唾液で滑らかさを増したものを、村井は娘の亀裂にあてがった。娘に苦痛を与えまいとする気遣いなど、もう村井にあるはずはなかった。

娘のその部分は拒むように、村井の前進を許さなかった。だが、村井の焦燥感が遮二無二、窮屈な通路を突破させた。娘が苦痛を、全身で表した。

それでも容赦なく村井の巨根が、娘の狭隘《きょうあい》な谷間を貫いた。村井のものは引き裂くようにして、娘の深奥部に達していた。しかし、それ以上村井には、腰を使う必要がなかった。あっけなくも村井は達してしまい、脈を搏《う》つように放つことになったのだ。

たちまち萎《な》えて硬度を失った村井のものは、娘の中から吐き出されていた。何かがっかりしたような気分だが、満足はしていた。娘の股間《こかん》のシーツが血に染まっていたが、まさか死にはしないだろうと村井は気にしなかった。

村井はズボンをはき、偽物のピストルをポケットに戻すと二階からの階段を降りていった。だが、階下は大騒ぎになっていた。玄関のほうから怒声と、何かに体当たりするような大きな物音が聞こえてくる。

「ずらかるぞ!」

上条がいきなり、村井の顔を殴りつけた。上条は、浴室のほうへ走る。村井もそのあとを、追うしかなかった。浴室の窓から、裏庭の地面へ飛びおりる。手袋、目出し帽、短刀、偽物のピストルをブリーフケースに押し込む。

それを二人で持つようにして、駆け出した。走って逃げるように見られれば当然、怪しまれることになる。松見坂の手前から歩くことにして、山手通りをゆっくり進み、二人は井の頭線の神泉駅を目ざした。

だが、上条の怒りの炎は、なかなか下火にならなかった。人通りが途絶えたところでは、この大馬鹿野郎、間抜けめ、と上条は何度か村井に殴りかかろうとした。

2

上条敬一が烈火のごとく怒ったのも、無理のない話であった。

清水の舞台から飛び降りる思いで、決意した強盗である。その後、どこの家を狙うかの選択にも、ずいぶん苦労した。下見や下調べも、楽ではなかった。

目出し帽と小型のガスバーナーを入手するにも、異常なほど神経質になったものである。そして実行のときが来て、それも九分どおり成功するところだった。

しかし、結果的には何ひとつ報われることなく、恐ろしい思いをして必死に逃げたのにすぎない。その責任のすべてが村井悦郎の性欲にあるのだから、上条が頭にくるのは当然であった。

「亭主は、百円も出さなかったんですか」

さすがに、村井も悄然《しょうぜん》となっていた。

「だったら、おれの責任だって文句を言うのか。亭主は枕もとの小型金庫から、現金を出して来たんだ」

上条は通りかかった野良猫を、蹴飛ばすような格好をしてみせた。

「どのくらいの現金ですか」

「百万円の札束がひとつと、あと三十万はあると言っていた」

「合わせて、百三十万円ですか」

「現金で百三十万円をいただけたら、ケチな強盗としては大成功だったろう」

「そうですね」

「しかし、その現金を受け取っただけで、ハイさようならって逃げられるわけはないだろう」

「近所の人間を呼び集めて追いかけてくるか、もちろん一一〇番にも通報するでしょうね」

「だから逃げる前に、夫婦の手足の自由を奪っておかなければならない。しかし、おれひとりで一度に、夫婦の手足を縛ることができるか」

「できません」

「お前とおれとで分担して、夫婦の手足と口にガムテープを巻きつけるほかはないだろう。ところが、お前は消えてしまっている。仕方がないから、おれはまず亭主の手足にガムテープを巻きつけた。次に女房の手足と口を、ガムテープで封じた。しかし、そうしているあいだに、亭主が逃げ出した」

「手足の自由を奪われている人間が、どうやって逃げ出したんです」

「兎跳《うさぎと》びっていうのがあるだろう。あの要領で寝室から廊下へ出て、真っ直ぐ玄関へ向かいやがった」

「走って追いかければ、すぐに追いついたんじゃないですか」

「馬鹿、女の足首にはまだガムテープが巻いてなかったんだ。おれが亭主を追いかければ、その隙《すき》に女房が逃げ出すぞ」

「そうですね」

「お前こそ、そんなことが言えた義理か。お前は、二階で何をしていたんだ」

「それは……」

「娘の部屋にいたんだろう」

「すみません」

「それで、娘を犯したのか」

「バージンでした」

「お前ってやつは、どこまで能天気なんだ。全責任は、お前にある。お前の馬鹿さ加減のおかげで、何もかもパーになったんだぞ！　この始末をどうつけるんだ、スケベー野郎め！」

上条はついに、村井を突き飛ばした。

「何とかして、この埋め合わせをさせてもらいますから……」

尻餅を突いた格好で、村井はペコペコ頭を下げた。

この騒ぎは神泉駅のすぐ近くで演じられたのだが、人目につくことはなかった。間もなく〇時三十八分の終電車が、渋谷駅を発車するという遅い時間だったためである。

事件のほうは、その夜のうちに捜査が開始された。所轄は、目黒署である。強盗未遂及び婦女暴行事件ということになる。捜査は最初から、難航するものと見られていた。何よりも目出し帽と手袋が、障害となっている。声もあまり、聞かせていない。

年格好、人相風体はともに見当のつけようもない。犯人は二人とも中肉中背で、特徴らしきものがまったくない。誰もが着ているようなスーツは、紺系統だろうとしかわからなかった。

遺留品は、ガムテープ。

娘を暴行した犯人の陰毛が数本と、あとは精液。

これだけであった。ガムテープは全国どこだろうと、販売されている商品であった。陰毛や精液からは血液型が判明するが、被疑者が逮捕されてからでないと役に立たない。

ガスバーナーでガラスのごく一部を脱落させて、その穴から手を差し入れて錠をはずすという手口は判明している。しかし、これにも問題があった。

犯人はあらかじめ被害者宅を下見して、浴室の面格子が修理のため取りはずされていることを確認していたのか。もしそうだとしたら、犯人は被害者宅からそう遠くないところに居住する、という判断も下せることになる。

だが、犯人が初めて侵入する被害者宅の周囲を検分して回り、たまたま浴室の面格子がはずれていることに気づいたという見方もできる。そうなると、犯人の居住区域も限定が困難になる。

こんなふうに手がかり不足から、捜査の進展はほとんどなかった。二月十三日の月曜日に事件が発生してから一カ月、二カ月と月日だけが事もなげにすぎ去っていく。

しかし、三カ月後の五月六日土曜日になって、二月十三日の場合と非常に類似している事件が発生した。

襲われたのは、世田谷区代沢二丁目にある社長宅であった。犯人は二人組で黒い革手袋をはめ、黒い目出し帽をかぶっていた。台所の流し台に面した窓ガラスをガスバーナーで切り取り、その穴から手を差し入れて錠をはずしている。

犯人は紺系統のスーツを着て、同じ紺色の無地のいかにも安物らしいネクタイを締めていた。犯人の身なり服装、侵入の手口も駒場の事件と変わらない。同一犯人と、思われる。

だが、今回も二人の犯人は、強盗という犯罪に成功していない。この強盗は何とゴールデンウィーク中に、犯行の日を定めたのである。ゴールデンウィーク中ならば、はるかに空巣のほうが気が利いている。

ゴールデンウィークには遠方へ旅行する人々が多く、まるっきり留守の家が少なくないからだった。それなのに、この事件の犯人は夜の他人宅へ押し入って、白鞘の短刀で金を出せと脅したのだ。

この社長宅でも夫婦と二人の子どもが全員そろって、五月一日から海外旅行に出かけていた。帰国するのはゴールデンウィークの最終日、つまり明日の予定になっていたのであった。

お手伝いも土曜、日曜と休みをもらっている。今日は、お手伝いさえ在宅していなかったのである。留守番をしていたのはたったひとり、考古学にしか興味のない社長の父親だけだった。

すでに八十をすぎていて、いわば隠居ということになる。本の山に囲まれて、考古学に没頭するために生きている。世俗的なことには、われ関せずであった。

使い道がないから、金など持ったこともない。お手伝いがいない二日間の食事はラーメンや天井の出前を頼むが、その支払いにしても後日ということになる。

二人の強盗が侵入した時間は、夜の十一時五十分であった。隠居は寝室にいたが、眠れないので床の中で読書に耽《ふけ》っていた。何者かが寝室へはいって来たとき何気なく時計に目をやったので、十一時五十分というのは正確である。

「じいさん、金を出しな」

賊のひとりが、短刀を突きつけた。

隠居は短刀には驚かされたが、顔色を失ったりすることがない。よく言えば達観しているのだし、悪く言えば万事に鈍感になっているのだろう。

「金……？」

隠居は、起き上がった。

その隠居の左右の手首に、もうひとりの賊がガムテープを持ち出した。やりとりを続けなければならないので、隠居の口を塞《ふさ》ぐことはなかった。

「現金だ。現金を残らず、出せと言っているんだ」

「わたしは、そんなもの千円だって持っておりませんよ」

「タンス預金ってやつで、年寄りはしこたま現金を貯め込んでいるって聞くぜ」

「わたしは、貯めてない。金なんてものに、興味がないんでね」

「じゃあ、家の中のどこに現金がしまってあるかぐらいは、知っているだろう」

「それも、知りませんね。わたしはこの家にいても、一度だってお金なんか見たことがないんだから……」

「じいさん、死にてえのか」

「そりゃあこの年だから、いつ死んだって諦《あきら》めはつきますがね」

　話にも何にもならないので、二人の賊は隠居を相手にしなくなった。強盗たちは、家探しを始めた。各部屋を駆けめぐって、現金が置いてありそうな場所を引っかき回す。だが、一万円札の一枚も見つからない。

　〇時三十分になると、強盗たちは家探しも断念する。彼らの戦果といえば、五百円硬貨だけを入れる貯金箱であった。のちに家人から聞いた話では、二十万円も貯まっていなかっただろうという。

二人組の強盗は二十万円たらずの硬貨を奪って逃走したのである。空巣と強盗の罪の軽重も知らず、近ごろは預金することで個人の家にまとまった現金を置かなくなったという風潮も考慮しない。

犯人は、素人に違いない。それも、間の抜けた凸凹コンビだろう。所轄の北沢署では、もっぱらそのように取り沙汰《ざた》していた。確かに二件の強盗を働いて、奪った金が二十万円たらずではまるで割りが合わない。しかし、その大間抜けのはずの犯人は、手がかりを残していかない。それどころか、いまはまだ逮捕の見込みもついていない。それだけに、捜査員も腹が立つ。

しかも六月二十八日の水曜日に、同一犯人と思われる強盗事件が発生したのだった。場所は、杉並区永福二丁目の『マイライフ』というマンション、六階A号室。もっとも、犯人はここに限りガスバーナーを用いていない。マンションとなると、ガスバーナーで焼き切るガラスがない。

それに、マンションの住人は夜が遅い。ガスバーナーなど夜中に使ったら、たちまち人目につく。更に六階A号室には住人がいて、留守ではないことを知っていたらしい。住人が室内にいるのであれば、ガスバーナーを使用する必要がない。

六階A号室は４ＬＫの部屋で、なかなか豪華な雰囲気を保っている。住んでいるのは夫婦二人だけで、子どもはいなかった。夫婦は『富勢』というヤキトリ屋兼焼肉屋を経営している。

高級店を売りものにしてはいないが、大衆性を上品にしたということが『富勢』の人気の的になっていた。味のよさも、多くの客を呼んでいる。

規模の大きい店で座敷もあるが、常に満員ということでも知られていた。他の同業者を寄せつけない『富勢』の盛況ぶりは、有名になる一方であった。

夫の富田光彦は、四十三歳。

妻の冴子は、三十八歳。

冴子は夜の八時になると新宿の店を出て、永福二丁目のマンションへ帰っていく。『富勢』の女子従業員たちも、夜は八時までの勤務となっている。あとはすべて、男衆に任せるのだ。

女が夜遅くまで客商売をすると、肌が衰えて健康にもよくない。それに八時をすぎると酔っぱらった客が多くなり、いやらしいことを言われて不愉快な思いをする。だから女の勤務時間は八時までと、富田光彦が決めたのである。

今夜も冴子は、九時にマンションに帰りついた。化粧を落として、シャワーを浴びる。すぐにパジャマやネグリジェに、着替えるようなことはしない。

普段着をまとって、ソファに横になる。富田光彦が帰宅するのは、午前一時と決まっている。十二時ごろから冴子は、軽い食事の支度を始める。料理は夫と二人で、食べることになっている。食事の支度に取りかかるまでは、雑誌を読むかテレビを見るかする。今夜の冴子も、そうした日課を忠実に守った。

十一時五十分になった。

チャイムが鳴ったので、冴子は部屋の出入り口へ向かった。ドアにドアスコープが取り付けてなかったので、廊下を覗《のぞ》くことはできない。冴子は、インターホーンを手にした。

「はい」

冴子は応じた。

「遅い時間に、申し訳ありません。高井戸署の者ですが、ちょっとお伺いしたいことがありまして……」

男の声が、そう言った。

3

冴子は、少しも疑わなかった。刑事が聞き込みに訪れたことが、これまでに二度ほどあったからであった。初めてでないということは、人の心を油断させる。

それにただ『警察の者』ではなく、『高井戸署の者』と身分を明かされたことで冴子はより信用した。冴子は深く考えることなく、チェーンロックと二カ所の鍵をはずした。だが、ドアをあけたとたん突き飛ばされて、壁に背中をぶつけていた。

目の前に、二人の男が立っていた。黒い革手袋をはめて、目出し帽をかぶっている。ひとりは短刀を見せつけているし、もうひとりはピストルらしきものを手にしていた。ピストルを持った男のほうが、ドアの二カ所の鍵を施錠の状態に戻した。

新聞記事で見た連続強盗事件の犯人だと、冴子にもわかった。顔から、血の気が引いた。寒気がひどくなって、全身の震えがとまらなくなった。

冴子は、奥のリビングへ向かった。二人の男が、用心深くあとを追って来た。もともと、気性の激しい冴子である。大勢の男たちを客にしていると、自然に度胸もよくなる。冴子は、すぐに冷静になった。

アームチェアにすわると、身体の震えもとまった。逆らわないほうがいい。彼らの要求に、可能なだけ応じよう。そうしながら時間稼ぎしようと冴子は思った。

「どうぞ、おすわりください」

冴子は強盗たちに、ソファをすすめた。

「おれたちの目的が、ちゃんと通じているのか」

「おれたちが何者か、百も承知なんだろうな」

二人の強盗は、ソファに浅く腰をおろした。

「お金でしょ」

冴子は、バッグを引き寄せた。

「それも、現金に限る」

短刀を手にした男が、白刃の切先を冴子に向けた。

「三十五万円は、はいっています」

バッグの中から取り出した大型の革財布を、冴子はテーブルのうえにおいた。

「おい、三十五万円ぽっちですむと、本気で思っているのか」

強盗たちは、立ち上がった。

「いまここには、これだけの現金しかありません」

「嘘も、いい加減にしろ。あれだけ景気のいい〝富勢〟の経営者の住まいに、現金がうなっていねえはずはねえだろう！」

「一日の売り上げは、主人が車に乗って持って帰ります。翌日、銀行が集金に来ます。仕入れのための現金を少々残して、あとのお金はすべて銀行へ運ぶことになります。嘘だと思うなら、金庫の中を見てください。お金がはいっていない金庫ですから、自由に開閉できます。さあ、どうぞ」

「だったら今夜も亭主が、どっさり現金をかかえてここへ帰るのか」

「もし何でしたら、ここで夫の帰りをお待ちください。少しはまとまったお金が、手にはいりますよ」

「亭主は、何時に帰ってくるんだ」

「必ず午前一時と、決まっています」

「午前一時……？」

目出し帽の下で男が顔をしかめるのが、何となく読み取れた。

「あと一時間もないんだから、すぐでしょう」

冴子は話を、嘘で固めていた。

事実なのは金庫が空っぽであり、いまこの家には三十五万円の現金しかないということぐらいだろう。富田光彦がまとまった金を、車で運んで来たりするはずはない。『富勢』の売り上げ金はすべて、店の金庫に納まっている。預金するとなれば、その先は新宿の銀行である。だが、夫が帰宅すれば何とかしてくれるだろうと、冴子は時間稼ぎの嘘っぱちを並べ立てるつもりだったのだ。

しかし、強盗たちの様子が、どことなく変であった。二人の男は、何度も顔を見合わせている。迷っているように感じられるし、そのうえで考え込んでいる。

やがて強盗たちは二人がかりで、冴子の手首と足首をガムテープで束縛した。口にも、ガムテープを貼った。冴子自身のベルトでテーブルの脚に結びつけ、彼女を動けないようにした。

そのうえで短刀を持った男が、冴子の財布から三十五枚ほどの一万円札を抜き取った。

「今日のところは、これで勘弁してやる」

男は叩きつけるように、財布を投げ捨てた。

二人は、ドアのほうへ去っていった。ドアを開閉する音がして、室内は静かになった。

あっけない幕切れだった。冴子は殺されなかったし、乱暴もされなかった。二人組の強盗は、三十五万円を奪っただけで消えたのであった。

三日後になって目黒署、北沢署、高井戸署の三つの警察署は合同捜査本部を設けた。

その日の夜、久我山署の十和田定雄は大好物のウイスキーの量がなかなか進まなかった。

どうも悪い予感が、胃を重くしているらしい。

「珍しいわね」

母親の花江までが、ウイスキーの水割りが減らないことで浮かぬ顔をしている。

十和田定雄は、久我山署の刑事課捜査一係に所属している。巡査部長だが、刑事として
の勘が鋭いことで知られている。十和田の悪い予感というのは、よく的中するのだ。
十和田定雄は六年前に、二十九歳で結婚している。だが、刑事の妻には向かなすぎると
いうことで、たった一年で離婚した。以来、十和田は『おれに妻は無用、酒さえあればそ
れでよし』と、再婚の話にいっさい耳を貸さなかった。
独身で通したまま、いまでは三十五歳の十和田になっている。六十歳になった母親との
二人暮らしに、十和田は何の不満も感じていない。しかし元来、母親は世話を焼くことが
趣味であり、年を取れば取るほど口うるさくなる。
最近では再婚をすすめる花江の攻勢が、かなり激しさを増している。それさえなければ
酒もうまいし平和な家庭なのにと、十和田はもっぱら無言の行で対抗していた。
「気になっているんですよ」
「何が……」
「例の連続強盗事件です。最初が目黒区の駒場、次が世田谷区の代沢、そして今度は杉並
区の永福。つまり、まるで順番みたいに、東から西へ移って来ています。そうなると順を
追えば次は、久我山署の管轄内で事件が発生します」
「そんなこと、気にすることないでしょ。あんたの予感どおり久我山署の管内で事件が起

きたら、犯人を逮捕すればいいじゃないの。それが、警察の仕事なんだから……」

「ずいぶん、簡単に言ってくれるな。目黒署も北沢署も、高井戸署も手を焼いているんです。久我山署も一緒に、苦労したほうがいいっていうんですか」

「誰にだって、苦労は付きもの。苦労のない人間が、どこにいますか。このわたしだって、苦労の連続ですよ。あちこち、頭ばかり下げて歩いて……」

「それは苦労じゃなくて、道楽だ」

「今度のお見合は、絶対に実現させるわ」

「そういう話は、いっさいやめましょう」

「あんたも、未来のための準備ぐらい考えなさい。もう少し目つきをやさしくするとか、愛想をよくするとか、それに結婚にとってより大事なのは、貯金ってものですからね」

「あのね、給料ってのは自分で勝手に、引き上げられないものなんです。少しずつ、昇給するんです」

「そんなこと、わかっていますよ」

「それに警察官は、副業を持つことを許されません」

「知っているわ」

「だったら、どうやって貯金すればいいの」

「倹約に、決まっているでしょ。まず、禁酒すること。あんたの飲み代と酒代は、そっくり貯金しなさい」

花江は立ち上がって、さっさと部屋を出ていった。

「女が男の尻を叩くと、ロクなことにならないですよ！」

十和田は水割りに、ドクドクとウイスキーをたした。

何とたったの五日後に、十和田の悪い予感は的中した。場所は南高井戸五丁目で、久我山署の管轄内である。襲われた家には、二十九歳と二十三歳の若い夫婦が住んでいて、家そのものも新築したばかりだった。

夫の大河原甲平の父親は、大手の製薬会社の会長である。大河原甲平の兄が、社長の地位にいる。大河原一族は富豪として知られ、政、財、官の各界、それに文化人にも顔が広かった。

大河原甲平と妻の葉子の結婚披露宴は、その豪華さと招待客の顔触れが一週間もマスコミを賑《にぎ》わせた。南高井戸にも、豪邸が建った。大河原甲平の仕事の都合で新婚旅行は延期、南高井戸の豪邸で夫婦は結婚してから十日間の新婚生活を送っている。

まさか、そんな家を襲う強盗はいないだろうと、その点に上条敬一が目をつけたのだ。豪邸を狙うというより、半分ヤケッぱちであった。このところ三件の強盗をやってのけたが、収穫らしい収穫にありつけなかった。

こうなったら一回だけ、どでかい仕事をやって強盗などやめたほうがいい。それには思いきった大勝負に出て、イチかバチかの賭《か》けにすべてを任せるほかはない。上条は、そう決意したのだ。

番犬となるシェパードは、警察犬訓練所に預けられていていまはいない。お手伝いではなくて通いの家政婦が二人いるが、午後六時になると引き揚げる。ほかにも運転手など、住み込みの使用人はいない。

夜になると、新婚夫婦二人きりの世界である。七月六日の木曜日は、夏の真っ盛りのような酷暑に見舞われた。夜になっても、汗がとまらないほど暑かった。

むかしなら、窓を開けっぱなしにして、網戸にしたものである。だが、最近の豪邸は贅《ぜい》沢《たく》で、エアコンによる冷房を利かせている。大河原家も一、二階すべてに、シャッターが降りていた。

十一時五十分に、上条と村井は大河原邸の裏手に立った。大河原邸の裏庭は狭くて、建物と塀が接近している。塀の外は通り抜けができない道であって、そこには濃紺の乗用車が停めたままになっていた。

地上から一部三階まで、非常階段のつもりか鉄梯子《てつばしご》が取り付けてある。二階の屋上が三階にとって、広いバルコニーになっているのだ。

そのバルコニーに面した三階のガラス戸四面だけに、シャッターが降りていなかった。

ガラスを破るとしたら、そこしかない。上条と村井は、路上に停めてある濃紺の乗用車の屋根のうえにのぼり、大河原邸の高い塀を乗り越えて裏庭に降り立った。

二人は音を立てないように鉄梯子を踏み、二階の屋上にたどりついた。

上条がガラスの場所を定めて、ガスバーナーを使う。このガラス戸は防音のために、二重になっている。上条は二枚のガラス戸を、破らなければならなかった。

時間がかかるので、上条は大いに焦った。ようやく二枚のガラス戸の一部を焼き切り、手を差し入れて鍵をはずす。上条は汗びっしょりで、二枚のガラス戸をあける。パーティーもできそうな広間でホームバーもあり、相応の家具が部屋いっぱいに配置されていた。

上条と村井は目出し帽、手袋、黒のTシャツとズボンを点検する。スポーツシューズの底を、十分に絨毯《じゅうたん》にこすりつける。三階と二階には人気がなく、明かりが消えている。冷房も利いていないので、蒸し暑かった。

一階は、涼しかった。廊下をはじめ各室が、煌々《こうこう》たる電気に照らされていた。人声も、聞こえた。男と女が、談笑している。上条たちは、声の出所を追った。

浴室であった。それも、脱衣室に違いない。上条と村井は、Tの字にぶつかる廊下の左右に隠れた。短刀とピストルを構えた。間もなく、脱衣室から人が出てくる。口笛を吹いているので、男と思われる。

上条と村井が待ち受ける廊下へ、バスローブをまとった男が出て来た。男は愕然《がくぜん》となって逃げようとしたが、短刀とピストルを見て動けなくなった。上条が短刀を突きつけて、男を二階への階段の下まで歩かせた。

「大河原甲平だな」

上条が短刀の切先で、男の腹のあたりをつっ突くようにした。

男は、うなずいた。

「お前のところには結婚と建築祝いの祝儀が、ごまんとはいったはずだ。そいつを、もらいに来た」

上条が目に、凄《すご》みを利かせた。

「そういうものはすぐに、銀行に預金するのが常識です。しかし、遅れて頂戴《ちょうだい》した御祝儀が、まだいくらか残っているはずです」

大河原甲平は、しっかりした口をきく。

村井はすでに大河原の両手首を、ガムテープで後ろ手に縛り上げた。大河原の口にも、大きくガムテープを貼った。上条は大河原の背中を押しやって、二階への階段をのぼっていく。

「女のほうも、始末しておけよ」

途中で振り返って、上条が村井に言った。

4

村井悦郎は、浴室へ引き返した。いきなり脱衣室のドアをあけると、鏡の前に全裸の後ろ姿が立っていた。いや、鏡に映っているので、女の身体の前面もまる見えだった。

結婚早々の女体はまばゆいほど白く、輝くように瑞々《みずみず》しい肌をしている。肉感的に均整のとれた肢体は特に、腰や尻の曲線が美しかった。

「きゃあ!」

葉子は、悲鳴を上げた。

しかし、村井にピストルで肩を叩かれると、葉子の声は死んでいた。壁に背中を滑らせると、葉子は全身を縮めてしゃがみ込んだ。女のほうも始末しておけと上条が指示したのは、葉子もガムテープで動けないようにしておけという意味である。

村井のほうも、そのように理解していたのだ。だが、あまりにも美しい全裸の女体を目前にしてしまえば、村井は性欲だけにしか支配されない。

村井の病気が、始まったのである。たちまち村井のものははち切れそうに怒張して、もはや手に負えない。村井はズボンの前から、猛々しく屹立《きつりつ》したものを引っ張り出す。

村井はオイルのようなものを塗りたくりながら、葉子の両足を左右に開くように引っ張った。葉子は人工大理石の壁に激しく後頭部を打ちつけたせいか、抵抗することもなく仰向けに横たわった。

村井は葉子の下腹部をまさぐり、亀裂を広げるように指を侵入させた。そのあとで、そそり立つものをあてがい、村井は一気に埋め込んだ。抵抗感も覚えずに、村井の肉柱は葉子の深奥部までを貫いていた。

「あっ……！」

葉子が、のけぞって声を洩《も》らした。

感じている――と、いいように村井は解釈した。そうなると、いっそう無我夢中であった。村井は果てることを急がずに、本格的なセックスに励んだ。

なぜなのか本人しかわからないことだが、葉子も悲鳴のような声で応じた。しかし、まさか性感のせいではないだろう。その証拠に葉子は、耳にした上条敬一の言葉を記憶していた。

「おい、この野郎！　また、馬鹿なことをしていやがるな！　時間がないんだ、間に合わねえぞ！」

脱衣室の外で、上条はそう怒鳴ったのであった。

「待ってくれ、もうちょっとだ」

村井は腰の律動を乱暴なほど激しくして、息を乱しながら放っていた。

とたんに村井は立ち上がり、脱衣室を飛び出した。ズボンからはみ出たものを押し込むのも、上条のあとを追いながらであった。二人は侵入したのと同じところを、逆にたどって逃走した。

時間は〇時四十分、侵入したのが十一時五十分頃だから約一時間を費している。これは侵入路に変化が多く、そのうえ二枚のガラス戸を焼き切ったりしたことで、余計な時間を費したためだろう。

葉子の一一〇番通報により、久我山署からは深夜の全員出動となった。緊急配備の態勢を整えて道路を封鎖、車と通行者の検問を続けた。また不審な者が潜んでいないか、朝まで付近一帯の探索を怠らなかった。

だが、ついに犯人は網にかからなかった。

翌朝六時から久我山署の刑事課では、捜査一係と二係による捜査会議を開いた。署長、刑事課長をはじめ、一睡もしていない刑事全員が目を真っ赤にしていた。

「疫病神はついにわが久我山署管内にまで、舞い込んで来た。だが、疫病神は今回初めて、手がかりを残していった」

捜査一係の柴田係長が、ドスンとテーブルを叩いた。

犯人が初めて残していった手がかりとは、大河原邸の塀を乗り越えるとき踏み台代わりにした濃紺の乗用車のボンネット、及び屋根から採取された足跡である。三個の足跡のサイズが二種類なので、二人分ということになる。

足跡は直ちにゼラチンに転写され、鑑識係の足跡鑑定員が調べている。鮮明な足跡であり、革靴の底と違って特徴がはっきりしている。久我山署の鑑識係でも、鑑定できないはずはないという。

「気になることがある。犯人《ホシ》の一方が、脱衣室にいるもうひとりに対して怒鳴ったという。その中に〝時間がないんだ〟、〝間に合わねえぞ〟という言葉があります。これはいったい、何を意味しているんですかね」

尾花警部補のキューピーさんのような顔は、少しも眠くなさそうに見えた。

「実際に犯人たちは、あわてて大急ぎで逃走したようです。時間がない、間に合わないという言葉には、やはり重大な意味があったものと思われます」

尾花警部補を尊敬する津田刑事が、そのように同調した。

「何者かとどこかで、落ち合うことになっていたんじゃないのか」

速水署長が、珍しく発言した。

「ほかにも、共犯がいたってことですか」

伊豆刑事が、首をかしげた。

「逃走するための乗り物に、間に合わないっていう意味じゃないですか」

三上刑事が、タバコの煙りを吐き散らした。

「○時をすぎていちゃあ飛行機も飛んでないし、東京発の寝台特急だって出ちゃあいないよ」

話にならないというように、伊東部長刑事が顔の前で手を振った。

「同じ乗り物でも飛行機とか寝台特急とか、そんなに大がかりなものじゃないでしょう。わたしは、電車だと思います」

十和田部長刑事が、初めて口を開いた。

「電車って、どこを走っている電車だ」

柴田係長が、身を乗り出した。

「井の頭線ですよ」

十和田は、無表情でいる。

全員が、十和田に注目した。十和田がどうかしてしまったのではないかと、同僚たちは瞬間的に不安を覚えたのだ。それほど、突拍子のないことに聞こえたのである。

「井の頭線だなんて、チョーサンそれはないだろう」

柴田係長の顔は、半分笑っていた。

「これまでの四件の犯行には、三通りの共通点なり共通性なりがあります。その第一は、侵入する時間です」

十和田の目つきは、鋭かった。

「うん」

柴田係長のほうも腕を組んで、十和田の話を聞く態勢を整えた。

「ガスバーナーでガラスを切り取る時間などが含まれるので、多少は正確さを欠きますが、家人が強盗の姿を見た時間はこうなります。目黒区駒場の場合が十一時五十分、世田谷区代沢の場合も十一時五十分、杉並区永福のマンションの場合もやはり十一時五十分、杉並区南高井戸の場合は〇時。と、ほとんど同時間です」

「なぜそういうことになるのか、考えてみたかね」

「おそらく、勤めの関係でしょう。勤めが十一時とかに終わり、帰途につきます。その帰り道に、目星をつけて下調べもすませておいた家に、押し入ったものと推定されるんですがね」

「それで、その二人組は井の頭線に乗って、家に帰るってことになるのかね」

「それが第二の共通点になるんですが、駒場、代沢、永福、南高井戸と四カ所とも井の頭線の沿線にあります」

「うん」

「そればかりか、襲われた家はすべて井の頭線の各駅まで近距離にあります。駒場の現場からだと駒場東大前駅まで二百五十メートル、神泉駅へ逃げても一キロです」

「代沢の現場からだと池ノ上の駅へも、下北沢駅までも四百メートルと聞いている」

「永福のマンションからだと、永福町駅までたったの二百メートルです」

「南高井戸の大河原家からは、高井戸駅まで三百メートルたらずだ」

「そこで、三つ目の共通点が問題になるんです」

「第三点目の共通点とは、いったいどういうことだね」

「いずれも、帰りを急いでいるように感じられることです」

「帰りを急ぐ……?」

「早々に、引き揚げようと気遣っているんですよ。駒場の会社役員宅でも、そうでしょう。

夫が逃げ出したからといっても、家の中でのことですよ」

「まあ普通ならば、女房を引きずってでも亭主のあとを追うだろうな。兎跳びの格好で逃げているんだから、まあ追いつくのは簡単だろう」

「そうでなければ、二階にいる娘がどうなってもいいのかって脅すでしょう。そう言われたら、父親は逃げるのをやめますよ」

「ところが、そういうことをいっさい省略してあっさり諦めた」

「目の前の金庫に何百万円かがはいっているというのに、手ぶらで引き揚げたんです。いったい、何のための強盗ですか」

「どうして、そんなにあっさり諦めたのか。何か、理由があるはずだ」

「諦めざるを、得なかったんですよ」

「どうしてだ」

「二人組は、〇時二十分に出て行きました。それは〇時三十八分に井の頭線の終電車が、渋谷駅を発車するということが気になっていたからでしょう」

「終電車は、各駅停車の富士見ヶ丘行きだったな」

「代沢の隠居にしたって、金に縁がないなんて嘘かほんとかわかりませんよ。案外タヌキで、とぼけ通したのかもしれない。普通の強盗だったら、もっと凄みを利かせて脅しをかける。どすを振り回すなり、襖や障子を滅多やたらに刺すなりして震え上がった隠居から、現金がしまってある場所ぐらい吐かせますよ」

「多少、時間をかけてもな」

「ところが、犯人はあまり時間をかけていないんです。二人組は、○時三十分に出ていっています」

「五百円硬貨を二十万円たらず、頂戴しただけでな」

「終電車は池ノ上が○時四十二分発、下北沢が○時四十四分発です。このいずれかに間に合うように、○時三十分に二人組は引き揚げたんだと思います」

「そして次は、杉並区永福のマンションだな」

「マンションの部屋に、二人組がはいり込んだのは十一時五十分です。気丈な富田冴子は、二人組といろいろと話し合っています。時間稼ぎのために、何かとやりとりを引き伸ばしたんだと思います。したがって、四十分ほど経過しました」

「二人組がいきなり富田冴子の身体の自由を奪ったのは、○時二十分を回ってからとなっている」

「その富田冴子は午前一時になったら、主人がまとまった現金を持って帰宅するという話を、二人組に聞かせているんですよ。普通の強盗だったら、歓迎すべき話でしょう。一時間たらずも待てば、鴨《かも》がネギをしょってやってくる。まとまった現金とやらを、そっくりいただこう。そうするにはどうしたらいいかと、手筈《てはず》について相談する。これが、犯罪者ってもんでしょう」

「それが、失望したり落胆したり迷ったり考え込んだりで、あげくの果てには三十五万円だけ奪って引き揚げてしまった」

「午前一時というのが、やつらにとって絶望的だったんですよ。午前一時じゃあ、とても間に合わない。しかも、終電車が永福町を発車する〇時五十分が刻々と迫って来ています。やむなく二人組は〇時三十分に、富田冴子の前から消えたんです」

「今回の大河原家の場合は、侵入するまでに手間取った。それで大河原氏と主犯格の男が一緒にいたのは、実質的に約三十分ほどだったらしい。しかも大河原氏は母親任せで、御祝儀といった現金の置き場所がわからなかった」

「大河原氏と主犯格の男は仏間、納戸の簞笥《たんす》の中、お座敷の押し入れ、洋間の棚に引き出しと、ずいぶん一緒に捜したそうですね。それでも、二百万円近くの現金が、見つかったとかで……」

「その代わり、三十分ぐらいはあっという間にすぎてしまった」

「主犯格の男は、あわてました。玄関なんかの出入り口を捜していても、侵入路を逆行しても、大河原家を脱出するには時間がかかる。それなのにすでに〇時三十分を回っています。最終電車の高井戸発は、〇時五十四分。ところが、もうひとりの男は、脱衣室で気楽なことをやっている。そこで主犯格の男は、思わず怒声を発していた。時間がないんだ、間に合わねえぞ……」

十和田部長刑事は、中身が一滴も残っていない茶碗を逆さにした。

「やつらには、通勤電車のほかに足がなかった。そのために、やつらはあらゆる意味で時間的な制約を受けた。何とも非現代的な匂いのする犯罪だが、同時に素人の犯行という悲哀を感じさせる」

柴田係長はどういう錯覚があったのか、立て続けに二本のタバコに火をつけた。

しばらくして、鑑識係から報告があった。濃紺の乗用車のボンネットと屋根から採取された足跡は、すべてリーボックのスポーツシューズである――。

5

犯人は二人とも、車を所有していない。だが、必要となれば知り合いから、車を借りることができる。レンタカーもある。そうなると二人とも、運転免許証を持っていないのだ。

免許をまったく取らないのか、あるいは免許停止中ということもあり得る。

タクシーを利用しないのは、運転手に顔を見られるのを恐れてのことだろう。タクシーを使えば行き先も、行動の一部も知られることとなる。タクシーから足が付くというのも、犯罪者心理としては信じやすい。

また、タクシーを自由に乗り回すだけの経済的余裕がない、ということも考えられる。

いずれにしても、二人は井の頭線の電車だけを頼りにしている。

もし井の頭線の電車に乗り損えば、二人は完全に足を失うことになる。歩くという手もあるが、徒歩は時間がかかる。深夜の道を歩いていれば、不審尋問の対象にされることもあり得る。

家族も心配する。心配だけではなく、家族にも怪しまれるかもしれない。何かにつけて、外泊はトラブルの原因になる。外泊は絶対に、避けなければならない。何が何でも終電車で帰宅することを、二人の男は信条としているのだ。

二人の男は、井の頭線の渋谷・富士見ヶ丘間を通勤しているのに違いない。井の頭線の初電は、富士見ヶ丘から渋谷へ向かう。同じように終電も、渋谷を出て富士見ヶ丘どまりとなる。

富士見ヶ丘よりも先の久我山、三鷹台、井の頭公園、吉祥寺へ行く人は終電に乗っても意味がない。終電には富士見ヶ丘までの駅で下車する客しか乗らない。

しかし、大河原家を襲った二人組の強盗は、間に合わないぞと時間を気にしていた。それは、高井戸を発車する終電の時間と考えるほかはない。高井戸の次の駅は、富士見ヶ丘であった。

二人の男はどうしても、富士見ヶ丘まで電車で行きたかったのだ。つまり二人の男は、富士見ヶ丘駅で下車するのがいちばん近い地域に居住しているのである。

久我山署の捜査一係と二係の張り込みが開始された。場所は富士見ヶ丘駅の付近、時間は夜の十一時三十分から終電の到着まで、人数は二人一組で三組だった。

しかし、張り込みの対象が、非常に難しい。二人の男が、一緒と思われる。一方が威張った口をきき、もうひとりには変質者を思わせる雰囲気がある。たまに、リーボックのスポーツシューズをはくかもしれない。

特徴はこれだけで人相をはじめ身長、体重、住所、氏名も不明である。最初は、二人連れの男に目をつける。終電の終着駅でも、大勢の乗客が吐き出されるわけではない。いつも一緒の二人連れの男となると、十日間で八組程度に特定される。

特定した八組のうちから、五十歳以上の男同士、父子ほど年齢の差のある二人連れを消去する。いつも酔っぱらっているペア、片方の男を妻らしい女が外車で迎えにくるというのも除外した。

二十日後には、二組のみに絞ることができた。その二組を、尾行するようになった。もう、八月を迎えていた。八月十日の終電に乗って来た一組が、そろってスポーツシューズをはいている。

いつものスーツ姿と違って、ジーンズにTシャツであった。二人とも、ブリーフケースを提げている。四人の刑事が、バラバラになって尾行する。いつもより足早に、二人の男は旧神田上水を越える。

東へ折れて久我山一丁目にはいると、二階建てのアパートがある。その裏手に、建売り住宅のようにこぢんまりとした二階家があった。

四十前後の男のほうが一戸建ての家を自宅としており、三十前の男がアパートの住人であることを、刑事たちは先刻承知していた。アパートの手前にさしかかったとき、散っていた四人の刑事が二人の男の前後左右を囲んだ。

「荷物の中身を、見せてください」

尾花警部補が、二人の男のブリーフケースに手を伸ばした。

十和田部長刑事、伊豆刑事、津田刑事が一斉に警察手帳を示した。二人の男は逆らうどころか、身動きひとつしなかった。立ちすくむというのか、いまにもすわり込みそうに足もとの安定感が欠けている。

　尾花警部補が、地面に置いた二つのブリーフケースを開いた。片方のブリーフケースの中身は二人分の目出し帽子、革手袋、白鞘の短刀、拳銃らしきもの、ガムテープ、ロープ、現金百万円などである。もう一方のブリーフケースには、小型のガスバーナーが詰め込まれていた。

「今夜も、強盗をやっての帰りか」

　尾花警部補は、二人の男を見上げた。

「和泉二丁目の大きな屋敷にはいったんですが、誰もいなくてその百万円が仏壇に供えてありました。それで今夜は、空巣ってことになります」

　年配のほうの男が、正直すぎるくらいに話を聞かせた。

「大河原家へ押し入って以来の夜働きか」

「はい」

「今夜も、終電に間に合ってよかったな」

「お前らが奪う金は、いつもミミッチイな。だがな、後遺症がいろいろとある。代沢の隠居は、心臓がおかしくなっていまだに入院中だ」

「申し訳ありません」

「永福の〝富勢〟の夫婦は、亭主が強盗たちにイタズラされたんだろうと女房のことを疑って、夫婦仲がおかしくなったそうだ」

「それは、われわれが証人になります」

「駒場の女子学生も入院したっきりで、家族とも面会したがらないらしい。それと大河原家の葉子夫人はあれ以来、実家へ帰ったままだ。離婚するっていう話が、進んでいるそうだ」

「この変態野郎が、レイプなんかするから……」

年配の男は若い男を、蹴飛ばしてやりたそうに足を上げた。

「名前を、聞かせてもらおうか」

尾花警部補が立ち上がった。

「上条敬一といいます。こいつは、村井悦郎です」

そう答えた男は、直立不動の姿勢を保っていた。

そこへ津田刑事が呼んだパトカーが、三台とも音もなく到着する。上条敬一と村井悦郎は、その場で緊急逮捕ということになる。上条と村井は四人の刑事とともに、三台のパトカーに分乗して久我山署へ向かった。

上条敬一の取調べは、十和田部長刑事が担当した。もっとも、まるで苦労のない取調べだ。上条は否認もしないし、嘘をつくこともない。質問に対しては小説のストーリーを語るように、すらすらと自供する。

根っからの悪党ではないので、素直すぎて感情に流されやすい。悲しい話になると、上条は涙ぐむ。惨めなことを供述するときは、声を上げた。

上条敬一には、妻子がいる。妻が春海《はるみ》、長女がマミ、長男が勇太であった。村井悦郎のほうは独身で、係累というものがいなかった。上条にも村井にも、犯罪歴がまったくなかった。

去年の初めまでは上条も村井も、どこにでもいそうなサラリーマンだった。二人は、二流どころのスーパーの仕入部に勤務していた。しかし、そのスーパーは経営立て直しのために、諸店の大がかりの統廃合を行なった。それには、かなりの人員整理がともなう。

上条も村井もその対象とされ、通常の二・五倍の退職金という条件でスーパーを辞めた。二人は、失業者になった。一緒に職を捜そうといったこともあって、村井は上条の家の隣りのアパートに越して来た。

新しい職業は、見つからなかった。いつまでも遊んでいられないので、二人は思いきって、渋谷のコンビニで働くことにした。村井はともかく上条の年齢で、コンビニのパートの従業員というのは珍しい。

だが、世間体とかいう贅沢は、言っていられなかった。上条と村井はパート代を稼ぐためにも、午後三時から十一時までの八時間勤務を希望した。とはいうものの所詮《しょせん》はパート代、ほかに支給されるものはない。収入は、半減した。

ついに今年にはいって、春海という台風が荒れ狂い始めた。上条の妻の春海は生来、負けず嫌いで気が強い。機嫌がいいときと悪いときがはっきりしているお天気屋さんで、ヒステリーを起こしやすい。

いったん怒り出すと、どんなことでも平気で口にする。外面《そとづら》は悪くないが、上条に対しては常に機嫌が悪い。このころからは、上条の前で笑ったことがなかった。春海には、不満しかない。

満たされないということになると、それをあらゆる形でぶつけてくる。近ごろに多い人妻タイプで、自己を中心に置くから思慮も反省もない。それでは、嵐がやむときも訪れない。

現在の春海の不満の中心は、収入の少なさにある。贅沢を望んだり、自分のために金を使いたがったりではない。春海はあくまで、人並みの収入と生活を求めている。それで春海は当然のことを、要求していると思うのだ。

そうなると、自分は正しいわけである。悪いのは夫のほうだとばかり、上条を責めるのが当然のことに思えてくる。そのために上条と顔を合わせれば、春海は言葉の限りを尽くして罵倒《ばとう》する。

何百回となく聞かされた怒号は、これっぽっちの収入でやっていけるはずがないでしょ、いい年をして何とかならないの！　もっと稼いだらどうなの！　この甲斐性なし！　であった。

次に多いのが、この春マミが中学一年になるのよ、勇太だって小学生よ、それだけ出費が増えるってことなのよ！　あんたの子どもが中学生と小学生になるっていうのにロクな稼ぎもない、あんたの子どもでしょ！　あんたそれで恥ずかしいとも何も思わないの、という罵声である。

あんたね、パートで働いているんだから仕方がないっていうのは、言い訳にならないのよ。どんな稼ぎ方をしようと、妻子を十分に養えるだけのお金を、持って帰ってくるのが男の責任というものでしょ。要するに、あんたは無責任なのよ。コンビニのパートじゃ稼ぎにならないっていうんなら、ドロボーでも強盗でもやったらどうなの！

このように罵《ののし》られたとき、誰にぶつけるわけでもなく上条の怒りが爆発した。そういうことなら、強盗をやってやろうではないか。たとえそれが犯罪だろうと、大金を稼げばいいのだ。

何度でも強盗を働くという決意を、上条は村井に打ち明けた。すると、自分もこのままでは八方塞がりだと村井は目を輝かせて、強盗の手伝いをさせてくれと上条に頼み込んだ。ここに素人以下ともいえる凸凹強盗団が誕生したのである。

「ですが強盗も結局は、いい稼ぎになりませんでしたねえ」

上条敬一は、しみじみと述懐した。

「手に入れた現金は、合計で三百四十五万円だろう。ところが罪の方は、強盗三件、同未遂一件、空巣一件、婦女暴行二件だ。こいつは、高くつくぜ」

十和田部長刑事は、上条に弱い男の哀れさを感じた。

「ですが、ひとつだけ救いがあります。わたしが有罪になったとたんに、女房が離婚を請求してくることです。男は結婚なんて、やめたほうがいいですよ」

結婚を悔いる涙なのか、上条敬一は頬を濡らしていた。

「同感だな」

十和田部長刑事は、素直に上条敬一の思いに応じた。

感情を揺さぶられたのでもなく、何か滑稽《こっけい》さもまじえてジーンとくるものがあった。これで上条敬一が罪人となり、妻の春海は罪人にならないのだから、男が離婚を歓迎するのは当然という気がした。

その夜、十和田はパンツ一枚だけの姿で、ウイスキーの水割りを飲んだ。飲みながら十和田は花江に、上条敬一の犯行の動機の一部を聞かせた。

「刑事と犯人の意見が、一致したってのね」

つまらなそうな声で、花江が言った。

「おふくろは、結婚しろとおれの尻をうるさく叩く。再婚した相手がまた、おれの尻を叩いてばかりの女だったら大変なことになる。ね、女はむやみに男の尻を、叩くものではありません」

十和田部長刑事は、上機嫌であった。

その目に、音も聞こえないほど遠くの夜空に、打ち揚げられる花火が映じた。

アリバイ成立

1

捜査一係の係長みずからが、捜査活動に乗り出すのは毎度のことではない。どちらかといえば、珍しいことであった。

係長は一係の刑事全員を指揮して、将棋の駒のように効果的に動かさなければならない。その係長が、消えてしまっては困るのである。

それで係長は、常に席を離れずにいる。殺人事件などで警視庁捜査一課の強行犯捜査係を中心に、百人体制ぐらいの捜査本部が設置されたりすれば、係長も一兵卒と同様に動き回ることができる。

しかし、久我山署独自で捜査する事件となれば、係長は留守番という役目に徹しなければばならない。出払った部下たちからの連絡を待ち、適切な指示を与えるのが仕事であった。

連絡係を兼ねた司令塔で、いわば新聞社のデスクと変わらない。そういうことなので係長は大抵、自分の席にへばりついているものなのだ。

だが、今回は例外であった。

久我山署の捜査一係長、柴田警部がやる気満々で捜査活動に加わったのである。柴田警部は自分の代わりに尾花警部補を、連絡係に残していった。

事件は二月十二日、午前三時に発生した。侵入者が金庫破りを働き、そのうえたまたま出会ったガードマンを、ドライバーで刺したのだという。

そのガードマン自身が、一一〇番通報して来た。それからガードマンは、救急車で病院へ運ばれたらしい。ガードマンが刺されたのは左の二の腕で、命に別条なしということだった。

しかし、犯人はガードマンに、全治三週間の傷を負わせている。

そうなると、単なる盗犯ではない。

窃盗及び傷害、状況によっては強盗傷害になるかもしれない。それで、捜査一係の出番となったのだ。午前三時をすぎてからの緊急動員だったが、三十分後にはスタッフ全員が集合した。

誰もが久我山署から近距離に住んでいるし、伊豆と真田の両刑事は宿直で署内にいたのである。凍てつくような寒さだったし、刑事課の部屋の暖房は消えている。

柴田係長以下、尾花、十和田、三上、伊東、津田、山下といった刑事たちは、ひとりとしてコートを脱がなかった。首を縮めるようにして、震えている。

「現場《げんじょう》は、荻窪駅の北口にある飛島第一ビルの五階です」

伊東刑事が、柴田係長を見やった。

「飛島第一ビルは、いわゆる雑居ビルですよ」

真田刑事が、そう付け加えた。

「ビルの五階は、ノーベル美容院の事務所に使われています」

「ノーベル美容院は杉並区と中野区で、五軒の美容院を経営しているそうです。飛島第一ビルの一階でも、ノーベル美容院が営業しております」

「ですが五階はあくまで事務所であって、美容室には使われておりません。五階の事務所はいわばノーベル美容院の総本部みたいなもので、全店の営業上の心臓だったと思われます」

「飛島第一ビルに隣接する空地が現在、ビル建築中の工事現場になっていて足場が組んでありますね。犯人《ホシ》はその足場を利用して、飛島第一ビルの五階にたどりついたようです。犯人の侵入口は、五階のノーベル美容院の事務所の窓なんで……」

「犯人はドライバーか何かでガラスを小さく割って、そこから手を差し入れて鍵をはずし窓をあけたらしいと、鑑識さんから連絡がありました」

「それに犯人は、小型バーナーを持ち込んでいます。鑑識さんの話ですと、日曜大工道具の専門店で売っているワンタッチ着火バーナーだろうっていうことでした」

「事務所の金庫なんですが、これがまた飾りものみたいにお粗末で、ちゃちな代物だそうで、犯人はその金庫の裏側にバーナーで穴をあけたってことでした」

伊豆と真田の両刑事は、競い合うように報告した。

そうした彼らにしても、まだ犯行現場へ足を踏み入れてはいないのだ。両刑事の報告は、現場にいる鑑識係からの電話連絡の受け売りにすぎない。

もっとも鑑識の仕事が終了しない限り、捜査員といえども現場へは一歩も入れてもらえないのである。そろそろ鑑識係も、肝心な調べは終えているだろう。今後は捜査員が、引き継ぐことになる。

「出かけるぞ」

柴田係長は、時計に目を落とした。

とたんに全員が、柴田警部へ戸惑いの視線を集めた。

「出かけるぞって、係長も同行されるんですか」

尾花警部補が、怒ったキューピーのような顔になっていた。

「現場へ出向いてから病院に寄って、負傷したガードマンから事情聴取をするつもりだ。それに何か、文句があるのか」

柴田警部は、コートの襟を立てた。

「いや、文句なんてありませんよ。ただ、どういう風の吹き回しかと思って……」

尾花警部補は、まだ不思議そうに首をひねっている。

「引っかかることがあるんだ。みんなに任せっぱなしでいたら、落ち着かないだろうと思ってね」

柴田警部は、ニコリともしなかった。

柴田警部は係長の代行として、席に残るように尾花警部補に頼んだ。もうひとり山下という新顔の若い刑事を、使いっ走りに置いていくことにした。

七人の刑事は私物の乗用車二台に分乗して、久我山署をあとにした。まだ、夜は明けていない。だが、ところどころの闇の中に、起き出した人々の生活の始まりが感じられるようだった。

二台の車はいったん東へ向かい、環状八号線を北上する。宮前、南荻窪をすぎて、中央線の北側へ抜ける。四面道の交差点から荻窪駅を目ざせば、たちまち目的地につくことになる。

あっという間のことで、近すぎるような気がする。サイレンを鳴らして走るのと違い、静かでもあった。交通量が極端に少ないと、時間もかからないのだ。

飛島第一ビルの正面入り口には、シャッターが降りている。その前に立入禁止のロープが張られ、制服警官が三人ばかり立っていた。警察車両のライトバンなども停まっているが、野次馬は乗用車やオートバイに乗った数人だけであった。

「このシャッターは、定時に降ろされるんだろうか」

柴田警部が、制服警官のひとりに声をかけた。

「二十四時になると、ガードマンがシャッターを降ろすのだそうであります。また午前六時にシャッターを開くのも、ガードマンだと聞いております」

制服警官は、姿勢を崩さなかった。

「しかし、ガードマンがこのビルに、常駐しているわけじゃないだろう」

「はい。二十四時と午前六時のシャッターの開閉、それに午前二時三十分の巡回と、計三回の契約になっているそうであります」

「裏口は……」

「やはり二十四時と午前六時に、シャッターが開閉されます」

「非常口は、どうなっているんだ」

「一階と地階に非常用の出口が二カ所ありますが、これも同じように二十四時に施錠、午前六時に解錠されます」

「二十四時から六時までの夜間に、人はこのビルに出入りできないってことだな」

「出入りする必要も、ないということであります。このビル内には、生活の場がありません。宿泊する者も、おりません。夜間は、無人であります」

「店といえるのは、ノーベル美容院のほかに……」

「同じ一階に、花屋があります。あとは七階まで全室、会社の事務所に使われています。二十四時まで出入りが出来るのは、残業をする人たちがいるからでしょう」

「地下は……」

「駐車場であります」

「どうも、ありがとう」

柴田警部は、白い息を吐いた。

「ご苦労さまです」

制服警官は、敬礼をした。

柴田警部は、飛島第一ビルの西側に回ってみた。なるほど隣りの空地では、ビルの建設が進められている。高さは飛島第一ビルと同じく、七階ぐらいだろう。

しかし、土地が狭いためか、周囲に余裕がない。飛島第一ビルと、ぴたり並んでいる。組まれた鉄骨の周囲に足場が組まれているので、なおさら隣接する飛島第一ビルとの間隔が狭まっていた。

「ビル全体が、完全な密室になっている。そのビルの五階に侵入するには、この足場を利用するしかないか」

そこだけに明かりがついている五階の窓を、柴田警部は振り仰いだ。

「係長が引っかかると言われるのは、西新宿署時代の事件《ヤマ》と結びつけてのことなんじゃないんですか」

伊豆部長刑事が、柴田警部と肩を並べて立った。

「何だいチョウさん、気がついていたのかい」

柴田警部は、伊豆部長刑事のほうを見ようとしなかった。

「自分は、地獄耳ってやつでしてね。いろいろな情報が、どこからともなく聞こえてくるんですよ」

伊豆部長刑事は、笑った顔でウインクをした。

「あれが、西新宿署での最後の事件だった。逮捕した犯人が送検された直後に、人事異動があってな。おれは、久我山署の捜査一係への転属を命ぜられた」

伊豆とは対照的に、表情を変えない柴田警部であった。

「その犯人の名前も、自分は承知していますよ。小倉大二郎っていうんでしょう」

鑑識係のひとりが五階の窓から合図を送っているのを、伊豆部長刑事は指さした。

現場に出入りしても構わないと、鑑識が許可したのである。柴田と伊豆は、飛島第一ビルの正面へ回った。立入禁止のロープと制服警官の姿に変わりはなかったが、シャッターは開かれていた。

七人の刑事はビルの中にはいり、エレベーターに乗った。五階の廊下の西側に、現場となった事務室がある。ドアのプレートに、『有限会社ノーベル美容院事務所』と記されている。

五、六人の事務員の席、豪華な応接セット、着替え室、社長のデスクの半分を占める金庫、壁一面の鏡などが目についた。先客が、ひとりいた。三十すぎの女だが化粧っ気がなく、寝不足による肌荒れは隠しようがなかった。

「ここの経理を担当されている佐々木さんです。経営者の細川春彦さんにはどうしても連絡がつかないので、代わりに来てもらいました」

十和田部長刑事が、柴田警部の耳に口を寄せた。

「美容院の経営者が、男だったのか」

柴田警部は、肩をすくめるようにした。

「細川春彦先生といえば、日本では一流の美容家です」

囁《ささや》きに聞こえるが、十和田の口調は明らかに叱りつけている。

「失礼ですが金庫の中に、現金はどれくらい入れてあったかご存じですか」

柴田警部は、佐々木という女に目を移した。

「八日が土曜、九日が日曜、一日置いて昨日が建国記念の日だったもので、いつもより売り上げは多かったんです。今日になったら銀行に渡すつもりで、わたしが昨夜金庫に入れた現金は五店分で三百万円でした。それをそっくり、盗まれたってことになるんですけど……」

口がよく動いても、佐々木という女は悄然《しょうぜん》となっている。

「現金だけを盗んで、ほかのものにはいっさい手をつけてないんですね」

柴田警部は、念を押した。

「はい」

佐々木という女は、声を震わせてハンカチで顔を覆った。

熊川鑑識係長が、首を振りながら近づいてくる。首を振りっぱなしなのは、大した収穫がなかったことを意味している。遺留品は微細な繊維の一本もないし、手袋を使うはずだから指紋の採取は不可能と、熊川係長は言うに決まっている。

ところが、そんなことはどうでもいいようなことを、鑑識のベテランは柴田警部に告げたのだ。

「地下足袋《たび》の足跡紋が、いくつか採れた」

この熊川の言葉に柴田は一段と、小倉大二郎のことが懐かしくなっていた。

2

柴田警部は伊豆部長刑事をともなって、荻窪病院に立ち寄った。大垣というガードマンは、東西ビル警備から派遣されている。ビル専門の警備会社で、大垣は目つきの鋭い四十がらみの男である。

大垣は着替えもせず、六人部屋のベッドのひとつに腰掛けていた。二の腕を繃帯《ほうたい》でグルグル巻きにした左腕を、大垣は首から吊っている。明日には退院して、それから先は通院だという。

「犯人《ホシ》の顔を、見ましたかね」

伊豆部長刑事が、質問した。

「それが、まるっきしだったんですよ。何しろいきなり正面から、懐中電灯で目潰《めつぶ》しを食わされましたんでね」

大垣ガードマンは、無念そうに顔をしかめた。

「大型の懐中電灯だったんですね」

直径十センチ以上の輪を、伊豆部長刑事は両手で作ってみせた。

「そのくらいでしょう。事務所を引っかき回したり金庫を破ったりするには、ペンシルライトやポケットライトじゃ役に立ちませんしね」

大垣ガードマンは、真剣な面持ちであった。

「犯行時間の見当は……」

「わたしがあの飛鳥第一ビルを定時に巡回するのは、まず二十三時から二十四時まで、二十四時にシャッターを降ろし施錠をすませて、いったん任務を終えます」

「次は……」

「午前二時から、三時までです。最後が午前五時から六時までで、この巡回を終えたときに、ビルの出入口のシャッターを開き、非常口を解錠します」

「ビルの各室の窓は、どうなっているんでしょうね」

「一階から四階までの窓にはシャッターが取り付けられていますが、五階以上は一般的なガラス窓になっています」

「大垣さんが犯人を見かけたのは、何時ごろだったんです」

「わたしは一階から巡回を始めますので、五階の事務所のドアをマスターキーであけたのは、午前二時四十分ごろと推定して間違いありません」

「あなたが部屋の中へはいったとき、犯人はどうしていたんですか」

「窓を乗り越えて、外へ出ようとしていましたよ」

「すでに犯行をすませて、あとは逃げるだけというところだったんですね」

「そうとしか思えません。わたしも様子だけなら、チラッと犯人を見ています。やつは左手に、大型のボストンバッグを提げていました」

「大型のボストンバッグですか」

「中身は小型バーナーとか変装具とか、窃盗犯の七つ道具でしょう。あとは、金庫から盗み出した現金ですよ」

「犯人の顔は、まるで見えなかったんですね」

「こらって大声を上げて駆け寄ると、犯人も瞬間的に向き直りました。ですが犯人はいきなり、懐中電灯の光線をわたしの目に向けたんです。わたしは目がくらんで、何も見えなくなりました。そうしたら、どこから取り出したのかドライバーで、わたしの左腕をグサリですよ。わたしは刃物で刺されたという恐怖感と、骨まで響くような激痛にしゃがみ込んだまま動けませんでした。ようやく立ち上がって窓の下を覗《のぞ》いてみましたが、青いシートの中に消えたのか影も形もありませんでした。あとに残ったのは、滴り落ちるわたしの血だけでしたよ」

「犯人が向き直ったときも、何ひとつ目にとまらなかったんですか」

「黒い目出し帽をすっぽりかぶって、その目にしたって水中メガネみたいなものを頭にはめて隠していたんですよ。それに、いまどき珍しい地下足袋をはいていたような気がします」

「身長は、どのくらいでしたか」

「一メートル六十六センチぐらいだったと思います」

「肥満型でしたか」

「いや、デブという印象は受けませんでした。ただ着ぶくれしているみたいで、痩《や》せてはいなかったですね」

「服装は、どうでしょう」

「黒いジャンパーのようなものを着ていました。ズボンも、黒かったですよ。あれは、トレーニングパンツだったかもしれませんね。きっと、そうだ」

大垣は、病室を覗いた女に手を上げた。

四十に近い女は、いかにも女房らしい雰囲気である。朝っぱらから夫が傷を負ったと聞かされて、妻は深刻な顔つきでオロオロしている。

「どうも、ご苦労さまでした。どうぞ、お大事に……」

柴田警部が、歩き出した。

「入院中に、お騒がせしました」

伊豆部長刑事も、頭を下げた。

「お役に立てるようなことがあれば、いつでもどうぞ」

ガードマンは、善人の典型といえる笑顔を見せた。

「大垣さんは、元気ですよ。ご心配は、要りません」

すれ違いながら、柴田が大垣の妻に声をかけた。

相手が誰かわからずとも、大垣の妻は丁寧に一礼してから夫のベッドへ近づいていった。

病院を出ると、人と車がいくらか増えていた。まだラッシュ時間とまでいかないので、東京の朝にしてはものたりない。間もなく冬の薄日でも、気温を上げてくれるだろう。柴田と伊豆は、病院の駐車場で車に乗り込んだ。柴田が助手席に、伊豆が運転席にすわる。聞き込みはほかの刑事に任せて、いったん久我山署へ引き揚げなければならないのだ。

「係長にしては、珍しく満足そうですね」

落ち着き払っている柴田の横顔に、伊豆が冷やかすような目を走らせた。

「こうもあっさり解決したときは、熟睡しているときと変わらない気分でね」

柴田は、シートベルトを締めた。

「やはり、小倉大二郎の犯行に間違いありませんか」

伊豆は車を、ゆっくりと走らせた。

「手口が完全に、一致している。これが偶然だなんて、あり得ないだろう」

小倉大二郎の犯行と今回の事件の手口の一致点を、柴田警部は並べ立てた。

○　小倉大二郎は、雑居ビルの四階か五階の部屋しか狙《ねら》わなかった。

○　事務所風の部屋ばかりで居住区はなく、深夜になると無人の世界と化し、人の出入りも不可能だった。

○　それらのビルは必ず建設中のビルと隣接していて、小倉は工事現場の足場を利用して五、六階にたどりつき、狙いをつけた隣接するビルの部屋へ侵入した。侵入方法としては窓ガラスを決まって小型バーナーで焼き切るか、ドライバーで割ったガラスの穴から手を差し入れて鍵をはずした。
○　金庫の裏側をバーナーで焼き切るか、金箱、金の隠し場所などから現金だけを盗み出し、ほかのものにはいっさい手をつけなかった。
○　小倉は遺留品、指紋といった手がかりを残したことがなかった。
○　逮捕されたときの小倉の服装は、黒の目出し帽、セーター、トレーニングパンツ、それに地下足袋をはいていた。
○　逮捕当時の小倉大二郎は身長が一メートル六十七センチ、体重六十キロ、年齢三十三歳。
○　所持していたボストンバッグには小型バーナー、大型の懐中電灯、ロープ、ドライバー、ペンチ、スニーカー、サングラス、盗んだ現金などが詰め込んであった。
「何から何まで、ぴったりだろう」

柴田警部は、胸を張るようにした。

「そうですね。中でも隣りで建設中のビルの工事現場の足場を利用するっていうのが、絶対的な特徴ですよ」

伊豆部長刑事は、柴田ほど熱くなっていないようだった。

「九十パーセントどころか百パーセント犯人は小倉だ」

禁煙用のガムを、柴田警部は口の中に入れた。

「ですが、一致しない点が三つばかりありますね」

伊豆は瞬間的に、浮かない顔になった。

「どんな点だ」

「ガードマンの話ですと犯人は、目出し帽のうえから更に目の部分に水中メガネをはめていたということでした。しかし、逮捕されたときの小倉は水中メガネじゃなくて、サングラスを持っていたんでしょう」

「人間は誰だって、研究もすれば進歩もする。小倉だって、そうだろう、動きが激しくなれば、サングラスははずれて落ちやすい。それに対して水中メガネは、頭にはめてあってはずれることはまずないだろう。しかも水中メガネだって目を隠すのに、サングラスと効果はあまり変わらない。小倉はそう考えて、サングラスを水中メガネに変えてみたんだろう」

「サングラスだって目出し帽の下にかけたら、簡単にははずれませんよ」

「目出し帽の下にメガネをかけたら、何かのときに視界が狭まる恐れがある」

「第二の点は、逮捕時の小倉は身長が一メートル六十七で体重が六十キロ、どっちかっていうとスマートなほうだったんじゃないんですか。しかし、ガードマンの証言による犯人は、着ぶくれしているようで痩せてはいなかったそうですが……」

「この三年間に、いくらか太ったのかもしれない。それに厳寒の真夜中となれば、ジャンパーの下に厚着をするだろう。そうすれば、着ぶくれして見えるさ」

「第三点は、場所です。これまで新宿区だけを荒らしていた小倉が、今回に限り杉並区内を選んでいます」

「新宿区内で六件もヤマを踏んだ小倉が、また同じ新宿区内で犯行を重ねるだろうか。新宿区内は危険だって用心して、場所を変えるのが当然だと思うがね」

「わかりました」

とても反論にならない主張を、伊豆部長刑事は引っ込めることにした。

「とにかく、小倉が出所していることを確認するのが先決だ」

柴田警部は、伊豆の肩を叩いた。

小倉大二郎は平成五年から六年にかけての半年間に、六件のビル荒らしを重ねた。手口はいずれも変わらず、隣接する空地に建設中のビルの工事の足場を利用している。侵入する部屋は雑居ビル内事務所が大半で、そこに寝泊まりしている住人はいなかった。
Aビル四階　貸衣装店と営業事務所。
Bビル五階　法律事務所。
Cビル四階　歯科医とその事務所。
Dビル五階　不動産会社事務所。
Eビル四階　質店とその事務所。
Fビル四階　ブティックとその事務所。
どれも、新宿区内に所在する。金庫などを破り、現金だけを盗み出す。被害総額は、八百万円に及んだ。しかし、平成六年の三月に七件目の犯行が未遂に終わり、小倉大二郎は逮捕されたのであった。
Gビル五階の貸金業事務所に設置されたセンサーが、異常発報したのである。Gビルが西新宿署から近距離にあり、特別警戒のために宿直員と当務員を増員していたことがさいわいした。
多数の署員が、Gビルへ急行する。そのうちの数名が、隣接の土地に建設中のビルの足場伝いに地上に降り立った男と、鉢合わせをした。
署員たちはその場で取り押さえて、目出し帽をかぶった男を窃盗の被疑者として現行犯逮捕した。その男が小倉大二郎、逮捕歴十四回という窃盗のベテランだったのだ。

取調べに対して小倉大二郎は、六件の犯行を詳細に自供した。犯行現場の状況、盗んだ現金の額、それを銀行に預けた年月日、犯行に使った車が置かれている駐車場など、犯人のみが知っていることも小倉大二郎は明らかにした。

小倉大二郎は、送検された。

時期を同じくして柴田警部は定期の異動により、西新宿署を去り久我山署の捜査一係長になったのだった。

やがて柴田警部は、小倉大二郎に懲役三年の判決が下ったことを耳にした。小倉大二郎は、上告せずに服役した。この懲役の年数が厳守されるものであれば、小倉大二郎はあと数十日ほど服役している。

刑務所にいるとなると、今回の小倉大二郎の犯行は成り立たない。小倉大二郎のほかに、犯人がいるということになる。いくら犯行の手口がそっくりそのままだろうと、小倉大二郎を犯人と見なすことはできない。

だが、懲役には更生を目標とする仮出獄というのがあり、一定の条件を満たせば刑期を終えなくても出所が可能になる。小倉大二郎には逮捕歴十四回というハンディキャップがあるが、三年間の刑期をまっとうすることにはならない。

二年間で出所しても、おかしくはない。そうだとすれば小倉大二郎は、一年前から娑婆《しゃば》にいるのであった。小倉大二郎は、今度の事件の犯人になり得るのである。

3

速報とはいえなくなっていたが、飛島第一ビル窃盗・傷害事件に関して久我山署では、本庁に詳しく伝えた。被疑者が小倉大二郎に、間違いないことも報告した。

本庁からは被疑者が確かに小倉大二郎であるならば、西新宿署との共同捜査にすべきだろうという指示があった。伊豆部長刑事と津田刑事が、今後の打ち合わせのために西新宿署へ出向いた。

小倉大二郎の現住所を調べるのには、十和田部長刑事と真田刑事が動員された。これはそれほど、面倒な仕事ではなかった。まず刑務所で、小倉大二郎のその後の動静を聞く。もし小倉が仮出獄しているというのであれば、担当の保護司を教えてもらう。その保護司に会うことで、小倉の消息はすべてわかるわけである。

正午を回ったころ、十和田から連絡があった。電話を通じて聞こえてくる人声と騒音から察して、どうやらラーメン屋にいるらしい。連絡を終えてからの昼食に、十和田と真田はラーメンを食べるつもりなのだろう。

昼飯を食べる気でいるなら、悪い知らせであるはずがないと柴田は思った。

「わたしだ」

「十和田ですが、小倉大二郎は去年の十一月一日に仮出獄しています」

十和田は、冷静にそう告げた。

「去年十一月一日ってなると、刑期満了まであと五カ月だったんだ」

柴田警部は、必要もないのに声を大きくした。

「刑期満了までたったの五カ月で、仮出獄っていうのは厳しいですね」

十和田のほうは逆に、周囲に聞き取られまいと声をひそめていた。

「服役態度が、悪かったんだろう」

「小倉は変わり者で誰とも口をきかない、心を許さない、やたらに話しかけると殴りかかるとかで、嫌われ者だったそうですからね。模範囚には、なれんでしょう」

「来月いっぱいで刑期は完全に終わって、小倉も晴れて自由の身になれるところだったのにな」

「保護司の先生も、あと一カ月ですからってホッとしておられたのに……」

「それで、住所は？」

「練馬区関町東三の六の二十五、ブルースカイ荘というアパートです」

「練馬区か、杉並区からそう遠くないな」

「家族は妻の夕子、三十歳。夕方の夕の字を書きます。子どもは五歳の長男で秀夫、秀でた夫と書きます。ほかには誰もおらず、三人暮らしです」

「小倉は、無職か」

「いや、理髪店で働いているそうです」

「小倉に、そんな技術があったとは知らなかった」

「刑務所《ムショ》で専門的に、身につけた技術だそうですよ。保護司の先生も、プロ以上にプロだって感心していました」

「小倉は、定職についている。それも技術者となれば、安い給料じゃないってことになる」

「それほど、苦しい生活はしていない。それで共働きもしていないし、奥さんは専業主婦だ。小倉さんは職人らしく気難しいけど、真面目に働いている。と、これも保護司の先生から、聞かされた話ですが……」

「生活に困っていないし、真面目な男は遊興費も必要としない。一家三人、しあわせに暮らしている。そういう小倉が懲りもせずに、三年前のような犯罪者に逆戻りするはずはないか」

「まあまあ、そう弱気にならずに……」

「まずは、近所の聞き込みから始めてくれ。尾花警部補、伊東デカチョウ、三上君、山下君を応援にやるから、武蔵関の駅前で落ち合うんだ」

柴田警部は尾花、伊東、三上、山下を手招きで呼び集めた。

「諒解しました」

十和田は、電話を切った。

柴田の命を受けて、四人の刑事は部屋を出ていった。十和田と真田はこれからラーメン屋で昼飯を食べるのだから、ほかの四人と待ち合わせるのに丁度いいだろう。

捜査一係には、誰もいなくなった。全員が出払って、空席ばかりが残っている。こういうことは珍しくないが、柴田は寒々としたものを感ずる。いい結果が出るかどうか、不安になるのだ。

遊軍もいないし、電話に出る役目はすべて柴田に任される。気楽にトイレへも行けず、ひたすら吉報を待つ。ひとり緊張しているその気分は、一種の孤独感に通じるものであった。

六人の刑事は午後一時すぎに、西武新宿線の武蔵関の駅前に集合した。尾花警部補を中心に二人一組の分担地域と、二時間後にいったん聞き込み捜査を打ち切って武蔵関駅前に再集合することを決めた。

二人一組の刑事たちは関町東三丁目、二丁目、一丁目、青梅街道の沿道、新青梅街道界隈《かいわい》へと散った。しかし、どこで尋ねても、小倉一家の評判はよかった。誰ひとり、悪口を言う者はいない。

「ご主人は、根っからの職人肌。だから口数が少なくて、笑顔も見せません。でも挨拶《あいさつ》は、ちゃんとなさいますよ」

「奥さんがまた、明るくってねえ。ご主人とは逆で、いつもニコニコしていらっしゃいますよ」

「秀夫君って、癖がなくてとても素直なんですよ。誰からも、可愛がられるタイプでしょうね」

「波風が立たないっていうんでしょうか、何事にも過不足がないっていうのかしら。小倉さんのお宅は、家族と家族のあいだにトラブルや悩みがないことから、とても平和なんでしょうね」

「ご主人が真面目で、お酒も飲まない。ギャンブルにも、手を出さない。パチンコだって、やったことがないそうですよ」

「まあ唯一の道楽っていえば、マージャンでしょう。そのマージャンにしても、月に二回って決まっているんだそうですよ」

「メンバーだって、いつも同じ顔触れなんでしょ。だったら気心も知れているし、揉《も》めることもないしね」

「次の日が休日ってときを選ぶから、徹夜マージャンになっても大丈夫。何から何まで、無難な道楽ですよ」

「マージャンの決まったメンバーっていうのは小倉さんのご主人、小野田理髪店のご主人と奥さん、それと幸福薬局のご主人の四人ですよ」

「小倉さんのご主人、小野田理髪店のご主人と奥さんは、休みが同じ水曜日でしょ。もうひとりの幸福薬局のご主人は、ご隠居さんですからね。毎晩徹夜しようと毎日お昼寝しようと、一向に構わないんです。そういう四人で、月二回の徹夜マージャンを楽しんでいるんですよ」

「小倉さんご一家には、平凡で平和で善良な市民という表現がぴったりなんじゃないでしょうか」

こんな調子で小倉一家を知る人々は、極めて普通の家族であることを強調する。小倉大二郎がそのように装っているにしても、効果は絶大である。

小倉の十五回の逮捕歴、去年の十一月一日に仮出獄になったことは誰も知らないようであった。ただひとり小野田理髪店の主人は、何もかも承知していた。それは小倉が保護司の紹介により、小野田理髪店で働くようになったからである。

しかも小野田理髪店の主人は小倉の前歴を自分だけの胸にしまって、妻にも使用人にも打ち明けなかったのだ。それで今日まで小倉の過去の秘密は、いっさい洩《も》れずにすんだのであった。

人々は小倉の現在の姿を、真実と信じて疑わない。したがって小倉の評判が、悪いわけはなかった。小倉にとって不利になる証言は、まるで聞き込むことができない。

刑事たちには、厚い壁になる。

だが、それ以上に厚い壁に、刑事たちはぶつかることになったのである。

尾花警部補と山下刑事は、青梅街道に面している小野田理髪店を訪れた。入口には、『本日休業』の札が掲げてあった。今日は水曜日なので、定休日なのだ。

それでもインターホーンを鳴らすと、男の声が応じた。山下刑事が、警察であることを告げる。すぐに水色のカーテンを取り除き、五十前後の男がガラスのドアを開いた。

なかなか立派な理髪店で、五脚の業務用の椅子《いす》が並んでいる。客が順番を待つソファも、三点セットになっていた。小倉を含めて、四人の使用人が必要だろう。店が繁盛していることは、内装や装飾品による雰囲気でわかる。

「小倉さんのことで、ちょっと……」

尾花警部補は、名刺を差し出した。

「今日は、定休日なんで……」

小野田もサイドボードから、大型の名刺を取り出した。

「わかっています」

尾花が受け取った名刺には、小野田正吉という活字が認められた。

「大さんが、どうかしたんですか」

小野田は、小倉大二郎のことを『大さん』と呼んだ。

「少しばかり、尋ねたいことがありましてね」

尾花は山下とともに、すすめられてソファに腰をおろした。

「むかしの大さんのことでしょう」

小野田が緊張したのは、小倉の過去をよく知っているからだった。

「そうも言えます」

尾花は、うまく逃げた。

「いまの大さんが警察の厄介になるようなことは、絶対にありませんからね。あんなに真面目な男っていうのは、近ごろの世間にはおりませんよ」

「そうらしいですね」

「よく働いてくれて、この店の稼ぎ頭《がしら》です。ああいう性格ですから、口もきかないし無愛想です。でも、腕のほうは天下一品、超一流ですよ」

「そうですか」

「職人気質の最高の技術者なんて、いまはもういないでしょう。ところが大さんが、その天才的な職人なんです。わたしは大さんの腕に、惚《ほ》れ込みましてね。わたしのほうが、大さんの弟子になりたいって思ったくらいですよ」

「ほう」

「そうなったらもう大さんがむかし、どんな男だったかなんてことは、どうでもよくなりますよ」

小野田正吉も小倉のことを、心から信頼している人間のひとりであった。

「小野田さんは、昨夜の小倉さんの行動について何かご存じありませんか」

尾花警部補は、急に話題を変えた。

「昨夜の行動ですか」

小野田は、怪訝《けげん》そうな顔をした。

「たとえば小倉さんが、夜遅くなって出かけるのを見たとか……」

「そんなんじゃなくて大さんのアリバイをお調べでしたら、証人が何人かおりますよ。わたしたちは一週置きの定休日の前の晩に、必ず徹夜マージャンをやることになっているんです。それが三カ月ばかり習慣みたいになっていて、元日を除いて一度も欠かしたことがありません」

「徹夜マージャンをする場所は、どうなっているんです」

「拙宅、大さんのお宅、幸福薬局の離れという順番で、場所を提供することになっています。アルコール類はいっさい抜き、夜食の鮨《すし》を注文するのも当番制という決まりでしてね」

「昨夜の場所は、どこだったんですか」

「幸福薬局の中林さんところの裏庭にある離れで、いつものメンバーが顔をそろえました」

「小野田さん、小野田夫人、中林さん、小倉さんの四人ですね」

「そうです。四人がマージャンを始めたのは昨夜の八時、終了が今朝の四時でした。中林夫人も午前一時ごろまで、お茶や鮨のサービスをしてくれました。千代鮨から鮨が届いたのは午後十一時、千代鮨の若い衆も大さんの姿を見かけたはずです」

「昨夜の八時から、今朝の四時まで……」

「その間、わたしと女房と中林さんは、ずっと大さんと一緒だったんですからね。大さんが座敷を出たのは、同じ離れにあるトイレへいったときだけでしたよ」

小野田正吉は刑事たちへの反感を示すように、顔を硬《こわ》ばらせていた。

小野田夫婦と中林は、小倉大二郎の仲間とは違う。あくまで、第三者というべき知人にすぎない。その三人がそろって昨夜の八時から今朝の四時まで、小倉と一緒だったなどと嘘をつくとは考えられなかった。

小倉は昨夜の八時から今朝の四時まで、練馬区関町東一丁目の中林宅にいたことになる。小倉が夜中の午前三時ごろに、杉並区の荻窪駅近くの飛島第一ビルに侵入することは不可能である。

小倉大二郎には、完璧《かんぺき》なアリバイが成立する。尾花警部補と山下刑事は、思わず顔を見合わせた。二人の刑事は内心、打ちのめされたようなショックを受けていたのだ。

4

小野田理髪店と青梅街道を挟んで、斜め向かいに幸福薬局がある。これも薬局としては、大きな商店だった。むかしは資産家として知られ、かなりの土地持ちであったらしい。

主人の中林義和とその妻は六十代で、隠居同然の暮らしをしている。店と商売のことは、ともに薬剤師の資格を持つ長男夫婦に任せっぱなしなのだ。

店の間口が広く、店員と思われる若い二人の男女が棚の整理に追われている。ガラス張りの調剤室の中には、長男夫婦の姿があった。店の奥の住居も、ちょっとした邸宅になっている。

さすがに、庭園を設けるほどの土地の余裕はなかった。その代わり、裏庭に離れが建てられていた。次の間付きの八畳の座敷、トイレに廊下とこぢんまりした離れだが、造りは凝っている。

そうした離れで、伊東部長刑事と三上刑事は中林義和に会った。中林の上品な顔立ちは、若いころのお坊ちゃん育ちの美男を想像させた。

中林は二人の刑事に、炬燵《こたつ》にはいるようにすすめた。掘り炬燵だが、炭火ではなく電気を使っていた。しかし、寒い日には炬燵が、いちばんのご馳走《ちそう》であった。

「小倉さんのアリバイを調べるなんて刑事さん、まったく無意味なことだと申し上げるほかはありません」

中林は、穏やかな笑いを絶やさなかった。

「アリバイなんて、そんなに大袈裟《おおげさ》なことじゃないんですがね」

伊東部長刑事は、中林に着物がよく似合うと改めて感心した。

「いや、立派にアリバイ調べですよ。小倉さんがここにいたらしいという情報に基づいて、刑事さんたちはその確認に見えたんですから……」

中林は刑事の相手をすることを、楽しんでいるようだった。

「でしたら率直に、お伺いします。小倉さんは昨夜、間違いなくここにいたんですね」

「太陽が東から昇り、西へ沈む。これと同じくらいに、確かなことです。昨夜の八時から今朝の四時まで、小倉さんはこの離れを一歩も出ていません」

「途中で抜け出すといったことは、絶対にできなかったんですか」

「わたしたちはこの炬燵のうえをマージャン台にして、徹夜で楽しんでおりましてね。当然、メンバーは四人です。そのうちのひとりが、途中で消えてしまった。それにほかの三人が気づきもせずにマージャンを中断して、ぼんやりしているなんてことがあり得ますか」

「そりゃあまあ、おっしゃるとおりですが……」

「席を立つのは、トイレへ行くときだけです。ここからトイレまで十五秒として、二分もすれば戻って来ますよ」

「つまり、この離れからは一歩も出ていないってことですね」

「そうですとも。昨夜の午後八時から午前一時までの証人が、サービス係のうちの家内を含めて四人。午前一時から四時までは、小野田夫妻とわたしの三人が証人です。これだけ証人がいても、アリバイというものは認められないんですか」

「いや……」

「そうでしょうね」

　中林は、満足そうな笑みを浮かべた。

「どうも、お邪魔しました」

　伊東は引き揚げようと、三上を促した。

　結局、中林からも小野田と同様の証言しか、得られなかった。小さな穴のひとつもない壁に、行く手を遮られた。いくら体当たりを試みても、疑わしいとか矛盾とかの亀裂は生じない。

　まさしく、鉄壁である。粘り強いのが取柄といわれる伊東部長刑事も、さすがにお手上げだった。

　ブルースカイ荘へ足を向けたのは、十和田部長刑事と真田刑事であった。ブルースカイ荘というのは、およそアパートの名称らしくない。だが、建物はまだ新しい。

もちろん一戸建てではないが、一階と二階が使える五軒が一棟になっている。それぞれが小さな庭付きで、テラスハウス型の住宅である。

木造モルタルの外壁が紺色、屋根がスカイブルーに塗られている。それを見ると、ブルースカイ荘という名称の意味が呑《の》み込める。鮮やかだが派手ではなく、オモチャのように感じられた。

右端の家に、『小倉』という表札が出ていた。丁度ドアが開かれて、男の子と手をつないだ女が現われた。近くまで買物に行くのか、女はエプロンをしたままでバッグだけを手にしている。

小倉大二郎の妻の夕子と、長男の秀夫であった。

化粧っ気はないが、顔立ちの整った夕子だった。色白で、知的な女に見える。色っぽくはないが、十人並みの容貌《ようぼう》である。どこにでもいる一児の母の人妻と、言っていいかもしれない。

小倉と釣り合いがとれるとは、思えなかった。逮捕歴のある男と結婚して、服役中もじっと孤独に耐えていた女を想像すると、ドラマの中の人妻のような気がする。

髪をショートカットにして、夕子は姿勢もよかった。背も低くなくスラッとした肢体が、夕子のスタイルのよさを第一の特徴としている。夕子は屈託なく、二人の刑事に会釈を送った。

「小倉大二郎さんの奥さんでいらっしゃいますか」

十和田部長刑事のほうも、やさしい口調にならざるを得なかった。

「はい」

夕子は、白い歯を覗かせた。

「ほんの短時間で結構なんですが、小倉さんにお目にかかりたいんです」

評判どおり明るい夕子であることを、十和田は強く印象づけられた。

「ついさっき起きたばかりですけど、主人は家におりますからどうぞおはいりください」

夕子はニコニコしながら、刑事たちに背を向けた。

「あなた、お客さまよ！」

夕子は、家の中へ声をかけた。

「わたしはちょっと出かけて来ますので、どうぞごゆっくり」

夕子は向き直ると、一礼して歩き出した。

道路へ出たところで、夕子と秀夫はキャッキャッと笑っている。その笑い声とともに、母子は遠ざかっていった。十和田と真田が何者であるかも、夕子は確かめようとしなかった。

明朗快活なだけではなく、楽天家でもあるのだろう。余計な不安や心配は、避けて通る。いずれにせよ夕子は、不幸とか暗さとかを感じさせない女なのだ。

十和田と真田は、玄関の中へはいった。寒いので、ドアを閉じる。同時に二階から階段を、男がおりて来た。パジャマのうえに、ガウンを重ねている。

目つきに、険がある。そのせいか、すごみのある美男子になっていた。小倉大二郎は冷ややかで鋭い視線を、十和田と真田に向けた。表情は動かないし、むっつりと黙り込んでいる。

どなたですかとも、何か用ですかとも尋ねなかった。おそらく小倉には、勘によって刑事だと察しがついているのだ。それでも小倉大二郎の顔には、警戒の色がまったく認められない。

「警察の者ですが、伺いたいことがありましてね」

十和田は上がり框《がまち》に、名刺を置いた。

小倉は拾うどころか、名刺に目もくれなかった。相変わらず、小倉は口を開かずにいる。ガウンのポケットに、両手を突っ込んだままだった。

「昨夜から今日の明け方まで、あなたはどこで何をしていましたか。正直に、答えてください」

十和田は小倉を、にらみつけるように見据えた。

「あっちこっちでおれのことを、聞いて回るのはやめてもらいたいね。おれが悪いことでもしたみたいに誤解されて、迷惑するんだよ」

小倉が初めて、言葉を吐いた。

「昨夜から今日の明け方までのあなたの行動を、知りたいんですよ」

十和田は名刺を引っ込めて、代わりに警察手帳を見せつけた。

「だったら、青梅街道へ出たところにある幸福薬局と、小野田理髪店へいってみることだ。そうすりゃあアリバイもへったくれもないってことが、刑事《デカ》さんにもよくわかるだろうよ」

階段を駆けのぼって、小倉大二郎は二階に姿を消した。

そうなっては、どうにもならない。強制捜査でなければ、踏み込むこともできなかった。とにかく幸福薬局と小野田理髪店へいってみようと、二人の刑事はブルースカイ荘をあとにした。

間もなく日が暮れる道を、青梅街道へ向かう。しかし、途中で尾花と山下の両刑事に、出会うことになる。そこで、小野田正吉の証言なるものを聞かされた。

十和田と真田はもう、青梅街道へ足を運ぶ必要がなくなった。いや、どこへも行きたくなかった。全身の力が抜けたように、十和田も真田もガックリ来たのだ。

柴田係長が百パーセント真犯人《ほんぼし》だと断言した小倉には、動かし難いアリバイがあったのである。六人の刑事は口もきかずに、夜を迎えた久我山署に帰りついた。

伊豆と津田はとっくに、西新宿署から戻って来ている。それに六人の刑事が加わって、捜査一係のメンバーが勢ぞろいしたことになる。暖房が利いているので、六人の刑事は全員がコートを脱ぐ。

しかし、椅子にすわる者はいないし、笑顔がひとつも見られなかった。六人の刑事は虚脱したように、あらぬほうを見やっている。柴田係長に聞き込みの成果を、進んで報告する声もない。

「どうした、タンボ軍団が、水涸《みずが》れでもしたのか」

柴田係長が、部下たちの顔を見回した。

捜査一係は柴田係長をはじめ十和田、真田、津田と『田』の付く姓が多いことから、タンボ軍団と自称しているのだ。

「小倉大二郎はシロであることが、確認されました」

尾花警部補が一歩、前へ出た。

「何だって！」

柴田係長は、立ち上がった。

「昨夜の八時から今日の明け方の四時まで、知人たちとマージャンに興じていたことが明らかになったんです」

尾花警部補は、目を伏せていた。

「そんな馬鹿なことがあってたまるか！　犯人に間違いない小倉にアリバイがあるんだったら、そいつは偽装に決まっているじゃないか！」

腹が立つ相手が特定されていないのに、柴田係長は怒声を発した。

「マージャンは昨夜の八時に始まり、今日の午前四時に終わっております。この時間もマージャンの参加者たちの証言によれば、確かなものです。メンバーは理髪店経営の小野田正吉とその妻、徹夜マージャンの場所を提供した薬局経営の中林義和。三人とも社会的信用があり、地元での知名度も高い善良な市民です。共犯者であったり犯罪に協力したりする人間とは到底考えられませんし、三人と小倉との付き合いは去年の十一月からです。その三人がトイレ以外に小倉が席を立ったことがないと、強硬に主張するのですから小倉のアリバイは成立すると認めざるを得ませんでした」

「崩しようのないアリバイかね」

「完璧です」

「しかし、不自然とは思わないか。小倉の犯行に間違いない事務所荒らしがあった夜に限って、徹夜マージャンによる完璧なアリバイが成立する。これが、偶然だと言いきれるか。あまりにも、できすぎだ。そうなると、作為が感じられる」

「自分もそう思ったんですが、何しろ信用できる三人の証人が小倉の完璧なアリバイを証明しているもので……」

「このままでは、すまされないぞ」

「わかっています」

「本庁には、弁解のしようがない。西新宿署に対しても、大恥をかくことになる。明日から、聞き込みの続行だ」

「刑務所内で事務所荒らしの手口、要領、方法といったものを小倉から教えられ、手ほどきを受けた受刑者がいたんじゃないですかね。そいつが出所してから、学んだことを実行したっていうのは……」

尾花警部補は、思いつきを口にした。

「特異な手口を発案した小倉が、弟子を作って秘法を伝授したりするかね。それに小倉は刑務所でも無口で仲間を作らず、常に孤立していたそうじゃないか。とにかく、おれは諦《あきら》めない。どんなに完璧なアリバイがあろうと、犯人《ホシ》は小倉大二郎だ！」

柴田係長はデスクを、平手でバンと叩いた。

5

五日がすぎた。捜査範囲を広げて、八人の刑事を総動員しての聞き込みが続けられる。

だが、その成果は芳《かんば》しくなく、柴田係長の目の前の電話が鳴ることも少なかった。

小倉大二郎のアリバイは、崩しようがない。小倉と夕子については、いい評判しか聞こえてこない。夕子のほうが小倉に惚れ込んでいるので、いまはしあわせで仕方がないのだろう。

夕子は、池袋のスポーツ用品店の長女だった。夕子自身もスポーツが好きで、中学生のときから体操に打ち込んだ。高校を経て、体育大学へ進む。

ところが大学二年のときに夕子は、ふとしたことから知り合った小倉に恋をする。小倉のためなら何を捨てても惜しくないというほど、夕子は夢中になった。

もちろん、胡散《うさん》臭くて得体の知れない小倉との交際を、夕子の両親と兄たちが許さない。それに耳を貸さない夕子は、ついにいっさいの外出を禁じられる。

夕子は、家を飛び出した。小倉と一緒に、暮らすようになる。夕子は大学を中退して、大手のスポーツ用品製造販売会社に勤務する。小倉は窃盗によって得た金を、生活費として夕子に渡していたらしい。

その代わり、小倉は何度も警察に逮捕される。それでも夕子は小倉が嫌いになったり、愛想尽かしをしたりしなかった。子どももできたことだし、服役した小倉が出所するのを待つという貞淑な妻で居続けた。

以上のように実のない報告ばかりを、柴田係長は受けなければならなかった。しかし、執念の男といわれる柴田係長は、絶望とは無縁である。ただ焦燥感のせいか、機嫌のいいときがなくなった。

自宅にいても、どこか浮かない顔でいる。ひとり娘の美世が話しかけてくれば、乗り出すようにして相手になるのが普段の柴田であった。だが、近ごろの柴田は、美世との会話にも気が乗らない。

「和歌子、アメリカの大学へ行くんだって。留学ってことだけど、アメリカでの独り暮らしだものね」

高校二年も残り少ない美世が、同級生のアメリカ留学を話題にした。

「危険じゃないのか」

柴田は半ば、うわの空でいる。

「女の子だから、危険だってことにはならないわ。運が悪ければ、男の子だって銃で撃たれるんだもの」

「そりゃあまあ、そうだろうけど……」

「いまは男も女も、同じ時代でしょ」

「うん」

「友だちのお姉さんなんか、長距離トラックの運転手をやっているんですってよ」

「すごいな」

「それに教頭先生の妹さん、松井電工の常務になったんだって」

「松井電工の重役か」

「女の社会進出よ」

「うん」

「女の自立と女の社会進出が、男女差別をなくす。そういう時代に、突入しつつあるんだわ」

「あんまり生意気なことは、言わないほうがいいぞ」

「これからは、男が勝つか女が勝つかってことね」

「勝っても負けても、いいじゃないか」

「つまんない。お父さん、本気で議論しないんだもの」

美世はふくれっ面になり、走るようにしてリビングを出ていった。

「うん」

美世の機嫌を損じたことにも、柴田は気づかずにいた。

真犯人は間違いなく小倉大二郎、それなのに小倉には完璧なアリバイがある。いったい、なぜなのだろうか。真犯人にアリバイがあるはずがないと、柴田の頭の中を同じことが堂々めぐりをしている。

翌日の午後、尾花警部補と津田刑事がこれまで耳にした聞き込みを持ち帰った。ひとつはブルースカイ荘の小倉家の隣りに住む人の話で、言い付け口をするようで不愉快だったので、これまで黙っていたのだという。

「二月十二日の午前四時ごろ、エンジンの音を消すようにしずめて小倉家のカーポートに車が入るのを、トイレにいて気配で知ったというんです」

そのように、尾花は報告した。

「二月十二日の午前四時となると、犯行を終えて帰宅した時間だ」

柴田は、眉を吊り上げた。

「カーポートは、隣家と共同で使っています。去年の十一月に黒のセダンの中古車を買いましたが、小倉が毎日乗り回すことはないそうです」

「小倉が幸福薬局から車で戻って来たのが、午前四時だったってんじゃないのか」

柴田は、腕を組んだ。

「それが小倉は車を使わずに、中林家への往復は歩きだったそうです」

悪いことでもしたように、尾花は暗い眼差しになっていた。

「これは近所の奥さんたちがみんな耳にしていたことなんですが、夕子が今年中には一戸建ての家に、絶対に住むんだって張り切っていたそうです。奥さんたちは明るくて朗らかな夕子の夢物語として、聞き流していたらしいですがね。ただ今年中という期限付きが、気になります」

津田刑事が言った。

「今年中ってことになると、半分は本気に受け取れる。それで問題になるのは、金の出所だろう」

柴田は、腕組みを解いた。

それっきり、柴田係長は沈黙する。電話がかかっても、首を振って出ようとはしない。目を閉じたり、半眼に開いたりする。二時間、三時間と無言の行は続く。

刑事たちが、次々に戻ってくる。どの顔も、疲れている。柴田に報告することもなく、自分たちの席にぐったりとすわる。窓の外の闇が厚くなっているが、夕飯のことを口にする者もいない。

「ちくしょう！」

不意に、柴田が叫んだ。

勢いよく腰を浮かせたので、椅子が後ろへ倒れた。びっくりしたのは、刑事たちであった。沈黙と大声に、差がありすぎた。刑事たちは総立ちになって、柴田に注目する。

「おれたちは、とんでもない考え違いをしていた。小倉大二郎に、こだわりすぎたんだ。小倉は、犯人じゃない。したがって、小倉のアリバイなんて問題にすることはない。小倉はただ完璧なアリバイが成立する徹夜マージャンの夜を、犯行のときとして選んだのにすぎないんだ」

柴田警部は、刑事たちの席のあいだを歩いて回った。

「すると、犯人《ホシ》は……」

尾花警部補が、柴田を目で追った。

「小倉の代行者だ。小倉の代理を、務められる人間がいたんだ。最高の内弟子というか愛弟子というか、小倉もこの弟子には喜んですべてを伝授できたんだ。ビル荒らしの方法、技術、要領を手取り足取りで教え、弟子のほうも必死に修行する。その内弟子とは、小倉の女房の夕子だ」

　窓の前で、柴田は向き直った。

　刑事たちは、動揺した。発言はしなくても、ざわめきが広がる。愕然《がくぜん》、茫然《ぼうぜん》、啞然《あぜん》となった顔ばかりである。何人《なんびと》も犯人が夕子だというのが、意外だったのだ。

　女だということが、まず信じられない。重要な犯罪になるとよほどの確証がないと、女の犯行ではないという先入観を働かせる刑事の習性が、まだどこかに残っているのだろう。

「時代が変わったことを、考えなければならん。最近あらゆる社会の面で、男女平等というより男女同等の傾向が強まっている。つまり、男も女も同じことをする。職業、行動、どんなことだろうと男がやることは女もやる。そうなりゃあ、犯罪も同じだ。女も男と同様の犯行を、やってのける。事実、女の凶悪犯が増加する一方じゃないか」

　柴田警部は、美世の言葉の一部を引用させてもらった。

「確かに小倉も夕子も、身長は変わりません。体育大学を中退するまで体操の選手だったし、身体つきもスリムでした。身軽に行動できる下地は、十分にあったんですね」

　尾花は、うなずいた。

「ショートカットにしていたから、目出し帽をかぶれば頭の形は男と変わらんだろう」

「ただ目が合ったりすれば、女っぽい目だと直感的に見破られるかもしれません。それでサングラスではなく、もっと目がぼやけて見える水中メガネを用いた」

「隠しきれないのは胸のふくらみと、ウエストから腰にかけての曲線だろう。それで何枚も重ね着して、更にそのうえに男物のジャンパーを着込んだ。おかげで夕子は、着ぶくれしたみたいに小太りな身体付きになった。そのために胸のふくらみもウエストのくびれも、腰線の区別がつかなくなった」

「まず小倉が、中林宅へ向かった。夜遅くになって、子どもを寝かしつける。子どもが小便で目を覚ましたら、母親がいないのに気づきますね」

「子どもには四時間以上、小便に起きないという習慣があったんだ。それなら夜遅くなって寝かせれば、夜中に起きる心配はないと計算ができる」

「子どもを寝かしつけて、夕子は車で出発する。帰って来たのは午前四時、音を殺すようにしてそっと車をカーポートに入れる。しかし、トイレにはいっていた隣人に、その気配を知られてしまったんですね」

「それだけでも、夕子が車を運転して午前四時に帰宅したってことは、決定的な事実となる。ほかには、車に乗る人間がいないんだからな」

「どうしても引っかかるのは、夕子のような女が平然と盗みの手ほどきを受けたり、そのとおり実行したり、ドライバーでガードマンを刺したりするだろうかということなんですがね」

「それも、時代が変わったんだろうな」

「実際にくだらない男に引っかかって、とんだ悪女になるっていう例は珍しくないんですが……」

「おれに、女心はわからない。だがな、夕子は小倉に惚れていたんだろう。それも、半端な惚れようじゃなかった。良家の子女ともいうべき夕子が、家も親兄弟も大学も将来も捨てて小倉のもとへ走った」

「ええ」

「いまだに夕子と家族の縁は、切れたままだそうじゃないか。両親に孫の顔を、見せてやることもできない。しかし、夕子はそれで満足しているし、自分のことを不幸とも思っていない」

「いつも、楽しそうにしているそうですからね」

「つまり、夕子にはもう、肉親がいないんだ。小倉と子どもが、夕子のすべてなんだ。夕子には小倉が、人生そのものなんだろう。そこまで惚れて惚れて惚れ抜いた小倉と、何かを計画したり力を合わせたりすることを、夕子が厭《いと》うと思うかね」

「いや……」

「今度のヤマも、あるいは夕子が提案したのかもしれない。これからも夕子は大阪や名古屋の大都会で、小倉のアリバイを確かなものにしながら、ビル荒らしを続けるつもりだったんじゃないのか。小倉と子どもと三人で一戸建ての家に住むという計画が、夕子の人生のすべてになっていたんじゃないのか。おそらく夕子には、罪の意識も善悪の区別も二の次なんだとおれは思う」

「夕子のように、近所の人たちの評判がいい事件の関係者というのは、自分も初めてでしたからね」

誰に対してだかわからないが、尾花警部補は一礼していた。

「とはいうものの、逮捕状は取らなきゃならん。夕子は実行犯、小倉も共犯だろう。みなさん、ご苦労でした」

柴田係長は、引っ繰り返っている椅子を起こした。

ご苦労さまという声は飛んだが、いつものように拍手は起こらなかった。笑顔がないし、帰ろうとする者もいない。このような事件の解決の仕方だと、充足感が得られないのが刑事というものだった。

「時代は、変わったたな」

その夜、帰宅した柴田はリビングで、真っ先に美世に声をかけた。

「何よ、お父さん。一晩考えて、やっとわかったの」

美世は、馬鹿にしたようにゲラゲラと笑った。

「世の中も、変わったな」

柴田は、コップを手にした。

「当たり前じゃないの」

美世は、コップにビールを注いだ。

「人間も変わったな」

柴田がじっと見守っていても、意味がわからないのか美世は黙っていた。

死にたがる女

1

その日の朝のうち久我山署の捜査一係の席では、梅木直美という女の話で持ち切りであった。

梅木直美がやってのけたのは、自殺未遂である。自殺未遂となると、捜査一係には関係がない。普通ならば、噂《うわさ》にもならないだろう。それがどうして、捜査一係のメンバーのあいだでも話題にされたのか。

それは梅木直美が未遂に終わろうと、何度でも自殺を繰り返すからだった。そのいずれもが、狂言といったものではない。梅木直美は、本気で死を望んでいる。しかし幸か不幸か、必ず失敗に終わるのだ。

「何しろ、今度が五回目ですからね」

真田刑事が、ボールペンを書類のうえに投げ出した。

「今度は、どうやって死のうとしたんだ」

伊東刑事は、新聞の記事を切り抜いていた。

「餓死ですよ」

真田刑事は、吐き捨てるように答えた。

「餓死……！」

伊東刑事が、驚いて顔を上げた。

「つまり飲まず食わずという方法で、自殺を図ったのか」

三上刑事が、身震いした。

「その梅木直美っていう女のことに、真田君はヤケに詳しいじゃないか」

伊豆部長刑事が、立ち上がった。

「前回の自殺、彼女にとっては四度目の自殺未遂のときに偶然、自分も近くに居合わせたんです。以来、関心を持たずにいられなくなったんですよ」

真田刑事は、手帳を開いた。

「それは、いつのことだったんだ」

伊豆部長刑事は、真田刑事の背後に回った。

「八月六日、十八日前ってことになりますか」

「場所は……」

「西荻北四丁目のシティービラというマンションの非常階段から、飛び降りたんです」

「西荻北四丁目となると、うちの管轄内じゃないか」

「梅木直美の自宅は、西荻北四丁目に隣接する善福寺二丁目の住宅地にあります」

「住所もうちの管轄内じゃあ、知らん顔ではいられなくなるな」

「自分はそのとき、たまたまシティービラの近くにおりましてね」

「いったい、何階から飛び降りたんだ」

「四階です」

「四階か。事故ならともかく自殺を図るのに、四階から飛び降りるというのは、何となくものたりないな。もっと高いところから飛び降りるのが、一般的だという気がしないでもない」

「シティービラは四階建てなんで、非常階段も四階が最上階になるんです」

「しかし、梅木直美はその四階建てのシティービラを、自分で選んだんだろう。ほかに十階建てや十二階建てのマンション、ビルがいくらでもあるのに……」

「そうじゃないんですよ。シティービラの四階には、梅木直美のむかしからの友人が住んでいるんです。その友人のところへ出向いて、さてお暇《いとま》しますと梅木直美は部屋を出た。すると目の前の非常階段のドアが、開放されたままになっている」

「どうして非常階段のドアが、開けっぱなしになっていたんだ」

「丁度、非常階段の塗り替えが、進められていたんですよ。錆落《さびお》としや塗装の職人が、何人か非常階段にいたんです」

「それで、ドアが開放されていた。それを見て梅木直美は、たちまち死のうという気になったのか」

「梅木直美の言葉を借りると、吸い寄せられるように非常口から出てしまった。そのあとは、飛び降りろという誘いの声しか聞こえなかったってことになります」

「つまりは衝動的に、自殺を図ったってことだな」

「いつ自殺しても、おかしくないという梅木直美ですからね」

「そのときが、四度目の自殺未遂だったんだろう」

「そうです。それに非常階段にいた三人の職人が、飛び降り自殺であることを目撃していますから……」

「狂言なんてことは、あり得ない」

「たとえ四階からの飛び降りだろうと、奇跡が起きなければ即死していたでしょうからね」

「どんな奇跡が、起きたんだ」

「落下した梅木直美は直接、地上に激突しなかったんです」

「途中で何かに触れて、そのワンクッションに救われたのか」

そうした例なら珍しくないと、伊豆部長刑事は思った。

「そんなものじゃなくて、もっと完璧《かんぺき》な奇跡です」

真田刑事は、首を振った。

「完璧な奇跡……？」

伊豆をはじめ刑事たちは、『完璧な奇跡』という言葉に興味をそそられたようだった。

「梅木直美の身体は、もちろん垂直に落ちましたよ。しかし、その真下の路上には、大型トラックが駐車していたんです」

真田刑事は、説明を続けた。

それは幌付きの大型トラックで、寝具店へ運ぶベッド用マットを満載していた。梅木直美は、その大型トラックの幌のうえに落下した。

しかも頭や足から突っ込まず、やや横になった格好で尻が幌に接していた。幌に使われているシートは裂けたが、梅木直美の身体は積み荷のベッド・マットに埋まった。幌を支える鉄枠にも触れず、梅木直美の肢体はベッド・マットに絡んで弾んだり転がったりした。

まさに、奇跡的であった。

意識を失ったまま、梅木直美は救急車で病院へ運ばれた。病院では全身にわたって、精密検査をおこなった。途中で意識を回復したが、梅木直美の感情は何の反応も示さずにいた。

梅木直美は無言でいて、医師や看護婦の質問に対しても首を振るかうなずくかであった。放心状態にあるようで、何を考えているのかわからない。梅木直美からは、喜怒哀楽が完全に消えていた。

頭部、内臓と肉体的には、何の異常も認められなかった。擦過傷と打撲傷だけで、骨折もない。こういう検査の結果にしても、四階から飛び降りた人間とすれば奇跡であった。

いちおう神経科でも検査を受けたが、特に異常というところはなかった。精神的にダメージを受けて心に深い傷を負い、生きる張り合いを失って死への願望が非常に強い――と、その程度の答えしか出ない。

神経科の医師と梅木直美は、次のようなやりとりを交わしている。

「あなたのいまの気持ちは、どんなものでしょう」

「自己嫌悪の一語に尽きます」

「その自己嫌悪を、もう少し具体的に表現すると……?」

「まず、自分が情けないということです。もうひとつ、自分に対する怒りもあるようです」

「どうして、情けないんです」

「いくら死のうとしても、死ねないからです」

「これまで何度、死のうとしましたか。死のうと思っただけではなく、実行に移した回数です」

「三度です」

「今回が、四度目ですね」

「ええ。四階の非常階段から飛び降りれば、確実に死ねると思いました。それなのに、またしても、失敗です。そんな間の抜けた自分に、腹が立ちます」

「すると今後も、まだ諦《あきら》めないということなんですか」

「諦めません」

「チャンスがあれば、また自殺を図るんですね」

「わたしは、生きていたくありません。どうしても、死にたいんです」

梅木直美は、犯罪者に含まれない。自殺願望が強いというだけで、警察も病院もそれを防止するための処置は取れなかった。実際に梅木直美が今後、自殺を図るかどうかも予測できないのだ。

身柄を拘束される理由がなくなって、梅木直美は五日後に病院を退院した。梅木直美は、杉並区善福寺二丁目の家に帰宅する。周囲の住宅に比べると、どこか旧式なむかしの日本家屋を思わせる。

しかし、安っぽい小住宅とは、違っている。豪邸とまではいかないが、かつてはお屋敷の部類だったのだろう。庭もそれなりに広く、樹木の中に屋根が見えている。ただ建物が古くなったせいか、暗いという印象は否めない。

直美の父親の梅木勇人は国立大学医学部の教授で、工業微生物学の権威として知られていた。母親の直子は、上品な大学教授夫人らしくもの静かで知的だと、悪く言われることがなかった。

直美はそうした両親のあいだに、ひとり娘として生まれた。直美もお嬢さんタイプで、あまり気の強いほうではない。おっとりしていて素直で、お人よしであった。

直美は、二十三歳で結婚している。父のすすめに従っての見合結婚だが、もちろん相手は梅木家に婿入りする。旧姓中畑だが梅木先生と同姓のほうが威張れると、夫の宗男は婿になったことを気にしなかった。

梅木宗男は、直美と八つ違いだった。性格的にやや強引な一面があるが、仕事に関してはやり手らしい。宗男は業界では最大手の東西薬品に勤務していて、薬品研究企画部次長のポストを与えられている。

バックに梅木教授が控えていることから、宗男の昇進は順調に違いない。そんな甘い考え方もあって、直美は宗男の行動的すぎる点を批判することはなかった。

要するに、直美はしあわせだったのである。だが、直美はなかなか妊娠しない。直美にようやく子ができたのは、三十をすぎてからであった。

三十をすぎてからの初産だが、直美は何事もなく娘を出産する。宗男は三十九、直美は三十一になっていた。結婚して、八年後のことであった。

翌年、梅木勇人が故人となった。

次の年、あとを追うようにして直子がこの世を去った。

そのころから直美の『しあわせ』が、少しずつ変色を始める。それがどういうものか、世間知らずの直美にはよくわからない。ただ何となく、宗男との心の歯車が嚙《か》み合わなくなったのだ。

直美は夫に、冷ややかさを感じた。態度や行動に示すことはないが、不機嫌でいることったた。

には間違いない。宗男の帰宅時間が遅くなり、真夜中まで待たされることも珍しくなくなった。


「きみは珠美を平気で、外へ出すようじゃないか」

家ではすっかり無口になった宗男が、話題にするとすれば娘のことと決まっていた。

「外へ出すって……?」

直美は、戸惑っていた。

「珠美が門の外へ出ているのを、そのままにしているってことだ。この家の前の道は、それほど幅が広くない。しかも、住宅地内の道路なのに、通り抜けをする車が少なくない。だから門の外で、珠美をひとり遊びさせることは危険だって言っているんだ」

「庭では、ひとりで遊ばせますけど……」

「きみが目を離しているあいだに、珠美は庭から門の外へ出て行くんだ。ぼくは夕方に三回、暗くなってから二回、門の外で遊んでいる珠美を見かけた」

「わたし全然、気がつきませんでした」

「きみは、気が回らなすぎる。注意力散漫というやつだ。夜の九時すぎに珠美が何度も、門の前の道路を走って渡っているのを見たって、お隣りの奥さんからも注意された」

「そうですか」

「もう夜なんだからお外にいては駄目よってお隣りの奥さんが声をかけると、パパが帰ってくるのを待っているのって珠美は答えたそうだ。ぼくは、恥ずかしかったよ。まるで珠美には、ちゃんとした母親がいないみたいじゃないか」

「すみません」

「幼児には、親の監視というものが必要なんだ」

宗男は、怒ったときの顔つきでいた。

「気をつけます」

直美は、頭を下げるしかなかった。

昼間のうちの珠美は、ひとりで家の外へ出ていったりすることがない。だが、夕方から夜にかけて珠美が門の外へ抜け出すことがあるらしいと、直美もうすうす感付いてはいたのである。

しかし、珠美は門の前で宗男の帰りを待ち受けているだけだからと、直美はそれを厳しく禁じたりはしなかった。直美の楽観が、すぎたのかもしれない。それに珠美が門の外へ抜け出すことに、気づかないという直美の不注意もあった。

今年の三月一日、珠美の事故死は現実のこととなった。

2

夜の八時すぎになって、直美は珠美の姿が見当たらないことに悪い予感を覚えた。明日は、珠美の誕生日である。誕生日のプレゼントに珠美の大好きな犬の縫いぐるみを、今日のうちに買ってくるという約束が宗男とのあいだに交わされていた。

そうなれば、珠美がじっとしていられるはずはない。宗男の帰りを待ってときどき珠美が、夕方から夜にかけて門の外へ出て行くというのも、実はおみやげを目当てにしてのことだったのだ。

まして今夜の宗男は、珠美が欲しくてたまらなかった大きな犬の縫いぐるみを、持ち帰ることになっている。待ちきれない気持ちもあって、四歳の女の子は門の外へ出ているのに違いない。

しかし、なぜか今夜に限り何かが起こりそうだと、直美には母親の直感が働いた。玄関のあたりに、珠美の姿はない。門扉の鉄柵《てつさく》が、片方だけ開かれている。

キーッと急ブレーキによるタイヤの軋《きし》りが、凄《すさ》まじい悲鳴のように静寂を引き裂いた。

直美は、駆け出した。門の外へ飛び出すと、眼前に黒塗りの乗用車が停まっていた。

「珠美ちゃん！」

直美は、大声で叫んだ。

とたんに乗用車が勢いよく発進して、北の方向へ猛スピードで走り去った。住宅地を南北に貫く一本道で、夜になれば人と車の往来は極端に少なくなる。

北側には親しくしている隣家の浅野家があり、南にも人家が続く。歩道を遮るものは、一本の松の木だけである。樹齢五百年とかで半ば朽ちかけているが、保存会というのが周囲に柵を設けている松の古木だった。

直美は道路の南北へ、忙しく目をやった。人影はおろか、動くものもなかった。だが、道路の反対側の北寄りに、何かが盛り上がっている。

反対側には、スキャンダルばかりで名を売っているタレントの豪邸の塀が、高く長く続いていた。直美は走って斜めに、道路を横切った。

そこには、捨て犬が眠っているように生きものが横たわっていた。珠美であった。血まみれにはなっていなかったが、全身の骨を抜かれた軟体動物のように手足が不自然に折れ曲がっている。

「珠美……」

直美はその場にすわり込んだが、珠美の死体に触れる気になれなかった。

息があるうちなら、揺すったりもしたくなるだろう。だが、珠美は死を、全身に表している。そうなると恐ろしくて、珠美の身体に触れることができなかった。

「珠美ちゃん」

そう呼びかけただけで、直美は声も出なかった。

何人かの人々の足音が、近づいて来た。浅野家の夫妻をはじめ、近所の奥さん連中だった。その中には、宗男の姿もあった。宗男は、犬の縫いぐるみの大きな荷物を抱えていた。

「どうして、こんなことに……」

「珠美ちゃんたら、まあ何だって……」

「轢《ひ》き逃げされたのね」

「早く、一一〇番しなくちゃあ……」

誰の目にも珠美の死が明らからしく、救急車を呼ぼうという言葉は聞かれなかった。

宗男は地面に両膝《ひざ》を突いて、縫いぐるみの包みを珠美の死体に立てかけるようにした。

信じられないという顔つきでいながら、宗男はにらみつけるような目を珠美の死体へ向けていた。

「あなた……」

直美は、初めて泣き出した。

「こうなった責任は、誰にあるんだ」

　宗男は、低い声で言った。

　その宗男の非難の一言は、直美の胸にグサリと突き刺さった。珠美を死なせたのは直美だと、宗男は明白に断罪しているのだ。直美もすでに責任すなわち罪は自分にあると、みずからを責めている。

　直美は、泣くのをやめた。わが娘を亡くした悲しみよりも、珠美を死なせたのは自分だという絶望感のほうに、直美は強く打ちのめされたのである。目の前が真っ暗になった人間は、泣くことさえ忘れるものだった。

　そのときから、直美の狂ってしまいそうな苦悩が始まった。

　珠美の葬儀を終えて、初七日もすぎた。しかし、だからといって直美の気持ちは、少しも安らかにならない。夜の睡眠も取れずに、申し訳ない、ごめんなさいと直美はつぶやき続ける。

　警察の捜査も、進展しなかった。目撃者は、直美を除いてひとりもいない。その直美も逆上気味で、車のナンバーやドライバーの顔を見ていない。

　車に乗っていた人間の数さえ、直美にはわかっていないのだ。黒塗りの乗用車でおそらくセダン、というのが唯一の手がかりであった。

被害者が四歳で小柄な幼女だったために、車の前方のバンパーだけではね飛ばしたらしい。それでも珠美は左前方八メートルのコンクリート塀まで、飛ばされて頭を含めた全身を激突させている。

珠美は、頭蓋陥没と全身打撲で即死した。そういうことなので、轢き逃げした車の塗料やガラスの破片が採取されない。急ブレーキをかけたタイヤ痕は特定できたが、とても鮮明とはいえなかった。

しかし、頼みはタイヤ痕のみであり、何とかそれと結びつく車を見つけ出そうと、警察では根気よく捜査を続けているという。ところが、直美はそうしたことにも、関心を失っていた。

犯人逮捕など、どうでもよかったのだ。珠美がこの世に蘇《よみがえ》らない限り、直美は地獄から抜け出すことができない。犯人が逮捕されても、死んだ珠美は生き返らないのであった。つまり周囲のいかなる状況に変化が生じようと、直美は地獄の苦しみにのた打ち回らなければならないのである。

「わたし死んで、珠美とあなたにお詫《わ》びします」

直美はついに、そう決心したのであった。

宗男と直美の一般的な対話は珠美の死後半月間、完全に途絶えていた。口をきくのは互いに、用事を伝えるときだけだった。直美が何か余計なことを言っても、宗男はいっさい答えなかった。

「死ぬ？」

そんな宗男もさすがに、直美の発言に応じないではいられなかった。

「責任を取ったり、お詫びしたりするには、ほかに方法がありません。それにもう、この苦しみに耐えられなくなりました」

直美の憔悴《しょうすい》しきった顔は、死神を連想させた。

「苦しみに耐えるっていうのも、償いのひとつだろう」

宗男は、表情を変えなかった。

「この地獄の苦しみにこれ以上、耐えていたら気が変になります。わたしが精神に異常を来たしたら、いままでよりもっとあなたに迷惑をかけることになるでしょ」

「死ぬとは、自殺するってことか」

「そうです」

「どうやって、自殺するんだ」

「方法は、いろいろとあると思います」

「しかし、自殺されても関係者には、何かと迷惑だからな」

「わたしが自殺する理由については、誰だって理解してくれるはずです。無残な死に方をしたわが子のあとを追ったんだって、世間の人たちは納得します。あなたに、迷惑はかかりません」

「世間とは、そんなに単純なものじゃない。ぼくがきみを死に追いやったんだって、そんな見方だってするかもしれない。そうなれば、ぼくは社会的信用を失う。将来にとっても、マイナスだ」

「でしたら、離婚しましょう。離婚してから自殺すれば、あなたに関係ないでしょう。一年ぐらい前から、わたしに対するあなたの心が冷えていることには気づいていました。わたしはあなたにとって、離婚しても惜しくない妻のはずです」

「自殺だの離婚だのって、言うことが荒っぽすぎる」

「それとも、この家とか土地とか梅木家の財産に未練があって、いまのうちには離婚しないほうがいいという計算でもあるんでしょうか」

「馬鹿なことを、言うんじゃない。わが子に死なれて、そのうえ夫とも離婚した。孤独感と絶望感に耐えられず、きみは自殺したんだとますます世間を騒がせることになる。そのうえ、こういうときに妻を見放して離婚するとは、何という冷酷な夫だろうかとぼくは非難の的になる。なぜ、ぼくはいっそう自分の立場が不利になるようにって、いま離婚しなければならないんだ」

「でしたら、わたしの気にすむようにさせてください」

「どうしても、死ぬっていうのか」

「わたし、死にたいんです」

「好きなようにしろ」

宗男は相手になりたくないというように、直美に目もくれずに部屋を出ていった。

「そうします」

直美は、悟りを開いたように冷静であった。

宗男のほうには、いざとなればそう簡単に死ねるものではない、という思いがあったかもしれない。だが、直美は本気だった。直美の頭の中は空っぽであり、そこには『死』の文字しか記されていないのである。

直美には、死こそ最上の生であった。あの世では、珠美に会える。珠美をほったらかしにしていた責任も罪も、問われることはない。この地獄の苦しみからも、解放される。直美にとっては、輝ける一筋の光明なのだった。

その夜のうちに、直美は簡潔な内容の遺書を用意した。

翌日の午後二時に、直美は死を実行に移した。一度目は、縊死《いし》を遂げることにした。最もポピュラーで、誰にでも可能なような気がしたからである。

場所は、裏庭の物置を選んだ。物置の天井には、むき出しになった梁《はり》が渡してあった。その梁にロープを巻きつけ、先端に輪を作る。脚立《きゃたつ》の何段かまでのぼり、直美はロープの輪の中へ首を差し入れた。

直美に、迷いはなかった。無造作に、脚立を蹴る。脚立が倒れて、直美の身体が宙に浮く。落下するが、すぐに静止する。瞬間的に、衝撃を感じる。

そこに、直美の誤算があったのだ。直美は物置という建物の老朽化を、計算に入れていなかった。直美の身体が落ちきった一瞬の体重と衝撃に、腐りかかっている梁は耐えきれなかった。

梁が真っ二つに折れて、直美は物置の床に転げ落ちる。梁が折れただけでも、決して静かではない。それに、物置の中に積まれているものが、一斉に荷崩れする音が加わる。物置が破壊されたのも、変わりなかった。

隣家の庭にいた浅野夫人が、びっくり仰天した。浅野夫人は庭を仕切っているフェンスの扉を押し開いて、梅木家の裏庭へ飛んでくる。物置は板戸まではずれて、地上に倒れていた。

直美は木箱にでも頭を打ちつけたのか、意識が朦朧《もうろう》となっている。首にはロープが、食い込んだままだった。それを見て浅野夫人には、直美が物置で首を吊ろうとしたと察しがつく。

「奥さん！」

浅野夫人は急いで、直美の首からロープの輪をはずした。

物置から引っ張り出されて、直美は青空を見た。自殺未遂までいかずに、事が失敗に終わったのだと直美は空虚な思いを味わった。直美は浅野夫人と、話し合う気にもなれなかった。

「大丈夫？」

浅野夫人は、直美の全身を眺め回した。

直美は、うなずいた。

「どこも、どうかなっていないのね」

浅野夫人は、そう念を押した。

直美は負傷していないことを証明するために、勢いをつけて起き上がった。

「そう。だったら、お医者さんを呼ぶのはやめましょう」

四十代も半ばをすぎた浅野夫人だけあって、そうした気遣いを忘れなかった。

自殺を図ったということは、人に知れていいものではない。特に身体に異常がなければ、医者や救急車を呼ぶようなことは避けたほうがよかった。

今回のことは秘密にしておこう、という浅野夫人の思いやりであった。しかし、宗男だけには物置の損傷もあるし、隠し通せることではなかった。

浅野夫人は帰宅した宗男に忠告を含めて、直美が自殺しようとしたことを報告したようである。宗男は、寝室を覗《のぞ》いた。別に驚いたふうもなく、宗男はベッドのうえに横たわる直美を見やった。

「馬鹿者！」

そう怒鳴りつけて、宗男は去っていった。

次は失敗すまいと、直美のほうは考えていた。

3

四月六日の夜、直美は中央区の佃《つくだ》へタクシーを走らせた。

下町を代表するような雰囲気だった佃が、いまは再開発によって生まれ変わりつつある。特に隅田川と晴海運河の分岐点となる佃の北部一帯は、大川端リバーシティと称され高層建築物の明かりが夜空を彩る下町に一変していた。

リバーサイドにマンションが建ち並び、豪華な夜景を誇っている。最近は有名人の居住地として、知られるようになった。西からは佃大橋が隅田川に架かり、東へは相生橋《あいおい》によって晴海運河を渡る。

直美は、タクシーを降りた。時間は、十一時をすぎている。夜景は華やかだが、地上に賑《にぎ》わいはない。直美は隅田川沿いの遊歩道から、堤防のような部分へと下った。そこに、バッグを置く。

黒い川面を眺めやっただけで何の躊躇《ちゅうちょ》もなく、直美は足から隅田川へ飛び込んだ。冷たいと感じただけで、直美の気持ちは安らかだった。直美は身動きすることなく、川の底へ沈んでいく。

直美は、まったく泳げない。カナヅチというやつで、身体を水面に浮かせることができなかった。したがって、水中に身を投げれば必ず死ぬ。

恐怖感は少しもなく、これで死ねるのだという満ちたりた思いだけがあった。ところが沈む一方のはずの身体が、流れるようにして浮き上がり始めた。

呼吸困難になった直後に、直美の顔は水面から出ていた。両側から肩を抱えられて、直美は岸へ引き寄せられていく。女が川に落ちたことに気づいた二人の青年が、救助しようとあとを追って飛び込んだのだ。

直美は救急車で、月島の病院へ運ばれた。宗男に知られたくなかったので、直美は名前と住所を黙秘した。だが、まずいことにバッグの中に、運転免許証がはいっていた。免許証の氏名と住所から電話番号を割り出し、病院は宗男に連絡する。しかし、宗男が病院を訪れることはなく、直美をホッとさせた。

直美はいくらか川の水を飲んだ程度で、病人のうちにははいらなかった。濡れた衣服を乾かすために、病院に一泊したのと変わらなかった。

翌朝、退院した直美は、所轄の月島署へ連れて行かれた。婦人警官が、事情聴取をする。調書も取ったが、すでに遺書を読んでいるので何もかも承知のうえだった。

婦人警官は直美を慰め、自殺の無意味を説くことに時間の大部分を費した。やがて宗男が、月島署に現われた。やはり自殺を図った人間を、警察としてはひとりで帰すわけにはいかないらしい。

相手は、病院と違って警察である。直美を引き取りにくるようにと連絡があれば、宗男も無視できなかったのだろう。宗男は丁重に繰り返し、婦人警官に礼を述べた。

だが、タクシーに乗り込んだとたんに、宗男は別人となった。運転手の手前もあったのだろうが、宗男は無言の行を続けた。直美のほうを、見ることさえなかった。

直美も家につくまで、沈黙を破らなかった。ごめんなさい、すみませんのひと言も口にしない。直美は死人も同様に、表情のない顔でいた。

二度目の自殺にも失敗したことが、あまりも哀れだった。死にたい人間を、なぜ死なせないのか。地獄に押し込めておいて、そのうえ二度も死を封じる。

こうなれば、なおさら諦めがつかない。三度目には必ず成功してみせると、直美は虚脱感とともに考えていたのだった。

五日後、直美は三度目の自殺を決行した。今度は、鋭利な柳葉包丁を用いた。わざわざ買って来たものではなく、台所にあった柳葉包丁である。

珠美の部屋として使われていた六畳の洋間の床に、直美は新聞紙と油紙を二重に敷きつめた。自分の死後、血痕のしみついた凄惨《せいさん》な部屋にしたくないと、珠美のために直美は思ったのだ。

直美はズボンにはき替えて、油紙のうえに正坐する。ブラウスを撫《な》でさすって、心臓の位置の見当をつける。柳葉包丁の柄に手拭《てぬぐい》を巻きつけ、両手で握る。

恐ろしいどころか、これで万事解決という安心感を覚えた。緊張することもなく、直美は頭の中に遠ざかる地獄を描いた。直美は軽く目を閉じて、柳葉包丁を左胸に突き立てた。

包丁が深く埋まったという感触があり、同時に直美は気が遠くなった。しかし、思わぬ激痛に襲われて、直美は苦悶《くもん》した。直美は、仰向けに倒れた。意識を失いつつも、直美は呻《うめ》き声を洩《も》らした。

実のところ今回も、直美には手抜かりがあった。それはリビングのガラス戸の施錠を、一カ所だけ忘れたことだった。直美が包丁を胸に突き立てたころ、玄関のドアの外には音羽亜矢子がいたのである。

音羽亜矢子は、直美と高校時代からの親しい友人同士だった。年齢も同じ三十五歳で独身、職業は宝石の鑑定士であった。隣り町となる西荻北四丁目のマンション、シティービラの四階に住んでいる。

その音羽亜矢子がインターホーンを鳴らす一方、ドアのノブを引いたり押したりしていたのだ。門扉に錠がかかっていないし、直美専用の乗用車がガレージに収まっているので、留守ということは考えられない。

それなのに、インターホーンの応答がない。昼間のうちの玄関のドアは、いつもチェーンが掛けてあるだけだった。ところが、いまは完全に施錠されている。

何となく、おかしい。直美がこれまでに二度も自殺を図ったことは、音羽亜矢子も聞き知っている。音羽亜矢子は当然、三度目の自殺の可能性に胸騒ぎを覚えた。

音羽亜矢子は、庭へ回った。リビングのガラス戸にはカーテンが引いてあったが、手をかけた一枚が開いた。そのガラス戸だけに、錠による結合がなされてなかったのだ。

音羽亜矢子は、リビングに上がり込んだ。直美、直美と大声で呼びかけながら、廊下を走る。返事はなかったが、微かな呻き声が聞こえた。

廊下の突き当たりが、生前の珠美の部屋であった。音羽亜矢子は、その部屋のドアをあけた。大の字になった直美の左胸に、柳葉包丁が深々と突き刺さっている。

あたりに、血が飛び散っているということはない。また血の海というほどの出血も、認められなかった。意識は薄れているのだろうが、苦悶の声が洩れていた。直美は、まだ生きている。

顔色を失ったが気丈な音羽亜矢子は、リビングへ戻って電話をかけた。つい目と鼻の先の武蔵野市の吉祥寺東町にある公立の総合病院に姉の夫、義兄が外科医長として勤務していた。

音羽亜矢子は、その義兄に助けを求めた。

「五分以内に行くから、救急車を呼んでおきなさい」

義兄は、そう命じた。

一一九番で救急車を依頼してから、音羽亜矢子は宗男の勤務先へも電話を入れた。宗男は電話に出たが、ひどく冷淡だった。驚愕《きょうがく》することもなかった。

「またですか、懲りもせずに……。どうしても死にたいんだったら、死なせてやればいいんです」

宗男はすぐに帰宅するとも言わずに、電話を切った。

言葉どおり五分後に、義兄が自分で運転する車で梅木家に乗りつけた。看護婦も連れていないのは公務外の仕事で、一刻の猶予もならなかったからだろう。

義兄は、応急の手当てに取りかかった。義兄の口から、駄目だという言葉は出なかった。外科の名医といわれる義兄だからと、音羽亜矢子は直美が死なないことを信じた。

救急車が到着したが、専門医の応急処置が終わるのを待った。間もなく、義兄からオーケーが出た。直美は救急車で、搬送されることになった。

亜矢子と義兄が乗った車に先導されるような形で、救急車は吉祥寺東町の公立病院へ向かった。病院につくと、直美は集中治療室へ直行となった。

手術は、一時間半ほどで終わった。直美は心臓を突いたつもりだろうが、柳葉包丁は完全に急所をはずれていた。柳葉包丁が突き刺さったままだったので、出血多量にもならなかった。

それに名医の応急処置が適切であり、手術も結果的に満点だった。直美は、一命を取りとめた。ただ傷が深く、内臓の出血と損傷がかなりのダメージになっている。

直美は、全治三カ月の重傷と見なされた。しかし、死は直美から、遠ざかったことになる。結局、直美は三度目の自殺にも、失敗したのであった。

直美の入院中、初めの一カ月間に四回ほど宗男が病室を訪れた。そのたびに直美は眠っているふうを装い、宗男のほうからも声をかけることがなかった。

二カ月目の宗男の訪問は、二回だけに終わった。その後はいっさい、姿を現わさなくなった。音羽亜矢子が調べたところによると、宗男は自宅へも帰っていない。

宗男は直美に、愛想尽かしをして逃げ出したのだ。妻が何度も自殺を図り、失敗しようとまた繰り返す。夫としてもやりきれなくなるだろうと、亜矢子には宗男の気持ちが理解できた。

四月十二日から直美は、三カ月半の入院生活を送った。傷が完治して健康体に戻った直美は、七月の末に退院した。だが、死を求める直美の心に、何ら変化は生じていなかったのである。

八月六日に直美は、シティービラ四階にある音羽亜矢子の部屋まで出向いた。大変に世話になったと亜矢子に礼を述べるのが、直美の目的ということになっていた。

ところが、音羽亜矢子の部屋を辞した直美の目に、ドアが開かれたままの非常口が映じた。直美は吸い込まれるように、非常階段へ出ていた。

直美は柵を乗り越えて、身を躍らせた。直美は、地上へと落下する。四度目の自殺であった。しかし、直美は死に招かれながら、またしても死ねなかったのだ。幌付きで、しかもベッド・マットを満載した大型トラックのうえに墜落して、直美は奇跡的に軽傷ですんだのである。直美は三度《みたび》、救急車で病院へ送られたが、五日後には退院した。

帰宅したが、家に宗男はいなかった。宗男は六月の中旬に出ていったきり、一度も戻って来ていないのであった。宗男と直美は事実上、別居する夫婦になっていた。

直美が入院中は家に関するすべてのことを、隣家の浅野夫人が管理してくれていた。おかげで湿った空気が沈澱《ちんでん》したり、重苦しい陰影に閉ざされたりした家の中ではなかった。直美は別に、孤独感も覚えない。

直美の頭にあることは、依然として自殺の遂行だった。四度も未遂に終わったことを、何としてでも帳消しにしたい。三度目の正直ではなく五度目の正直になるが、今度こそは確実に遂げなければならない。

絶対に確かな方法というのを、直美はあれこれと考えた。その結果、出た答えが餓死であった。飲食を断てば、必ず死ぬ。死こそ最大の目標なのだから、途中で挫折《ざせつ》することはあり得ない。

生命が燃え尽きるまで、飲まず食わずでいられるという自信がある。八月十一日から、直美は食べ物を口にしなくなった。最初の二日間に限り少量の水で喉《のど》を湿したが、その後は水分も断った。

五日がすぎると、横になりたくなった。一週間がたって、直美はベッドのうえから動かなくなる。十日で直美は、衰弱しきっていた。ウトウトしているのが、いい気分だった。直美は、眠り続けた。

しかし、十二日目を迎えて、思わぬ邪魔がはいった。それまでは誰が訪れようと、応じなければ留守と解釈された。だが、この八月二十二日の来訪者は、鍵を持っていた。したがって好き勝手に、家の中に出入りできる。宗男であった。宗男は自分の衣服、下着類、靴などを残らず持ち去るために家に立ち寄ったのだ。

当然、寝室の奥のクローゼットにも用がある。宗男は、寝室の電気をつけた。同時に女の顔が、ベッドのうえに浮かび上がった。直美は留守と決め込んでいた宗男は、幽霊でも見たようにギョッとなった。

直美には違いないのだが、人相が一変している。肉が削《そ》げ落ちて、骸骨《がいこつ》のように骨っぽさが目立つ。皮膚の色が、妙に青白い。それでいて、仏さまのように安らかな顔であった。

死んでいると、宗男は思った。だが、近づいてみると、微かに寝息を立てている。またもや何らかの方法で自殺を図ったらしいが、まだ生きているとなればさすがに見殺しにはできない。

宗男は救急車を呼び、音羽亜矢子にも電話で連絡した。

4

直美は救急車で、音羽亜矢子の義兄がいる公立病院へ搬送された。直美はまだ、死に直結する病人にはなっていなかった。まる十二日間の断食で衰弱しているが、命には別条ない。

点滴、重湯、二分粥《がゆ》、三分粥と徐々に滋養を与え、体力の回復を図ればそれですむ。あとは身体が弱っていることから余病を併発するのを、警戒すればよかった。

入院してしまっては、直美も点滴や食事を拒否できない。そうした闘争心が、失われていた。今度も死ねなかったというむなしさに、虚無感が強まるばかりだった。

「こういうことで梅木直美は今日で、入院三日目を迎えているわけです。まだ点滴と、薄いお粥の段階じゃないんですか」

長い説明を終えて、真田刑事はくたびれたようであった。

聞いていた刑事たちも一斉に、溜《た》め息をついたり肩を落としたりした。殺人事件には慣れている捜査一係のスタッフも、違った意味での凄まじさを感じたのだ。

「悲劇ですね」

「まったくだ」

「五度も自殺を図って、五度とも未遂に終わるとはね」

「首吊り、入水、柳葉包丁で胸を刺す、ビルからの飛び降り、餓死だろう。あまり、聞いたことがない」

「珍しいケースですよ」

「死神に取りつかれていながら、死神に見放されているんですね」

「当人にしてみれば、よほど死にたいんだろう」

「だけど、実行するたびに死を妨げられるんですからね」

「恐るべき執念だ」

刑事たちは、そのように感想を述べた。

「何となく、気になるな」

尾花警部補が、初めて口を開いた。

全員が、警部補に注目した。

「単なる自殺未遂じゃなくて、何か裏があるっていうんですか」

真田刑事が、組んでいた脚を解いた。

「いや、そこまでは言いきれない。しかし、何か引っかかるものがある」

尾花警部補は両手を、頭の後ろに回した。

「根拠は……」

「ない。強《し》いて言えば、亭主が冷たすぎるってことだ」

「珠美ちゃんが三歳になったころから、夫婦仲は冷え始めていたそうですよ」

「原因は、何だったんだ」

「もともと恋愛結婚じゃないし亭主は長年、婿という立場にあって抑圧されていたんでしょう。それが舅《しゅうと》と姑《しゅうとめ》の死によって、精神的に解放された。とたんに亭主は、好き勝手に行動するようになったって話です」

「好き勝手な行動っていうと、まずは女だろうな」

「ええ。何でも、金持ちの未亡人とできているとかで……。もちろん互いに、遊びのつもりだったんでしょう。ところが珠美ちゃんの一件が引き金になって、夫婦の気持ちにいっそう距離が生じたんですね」

「それに加えて、女房の自殺騒ぎが始まった。珠美という娘を亡くしたことで、直美は生き甲斐を失った。そのうえ娘を死なせたのは、自分の責任だと思い込んでいる。亭主は愛人を作って、家庭を顧みなくなる。そして亭主は娘を死なせたのは、お前の手落ちだと直美を責め立てる。直美は死んだほうが楽だと、自殺願望に取りつかれる」

「その自殺騒ぎに、亭主はなおさら嫌気がさしたんでしょう。女房が何度も自殺を図るとなりゃあ、亭主もやりきれなくなって逃げ出したくなりますよ」

「それで三度目の自殺未遂のときに、亭主は家を出てしまった。亭主が逃げ込んだ先は、その金持ちの未亡人とかいう女のところなんだろう」

「確認はしていませんが、そうとしか考えられませんね」

「薄情な亭主というか、冷たすぎるとは思わないか」

「思いますよ。実に、冷酷です」

「五度目の自殺未遂を発見して、救急車を呼んだのは亭主だった。しかし、それはあくまで、偶然ってやつだ。それ以前に、別居状態になって直美をひとりきりにしておけば、必ずまた自殺を図るだろうと亭主に察しがつかないはずはない」

「そうですね」

「亭主は直美が確実に自殺するのを、待っていたとは考えられないか」

「直美が死ねば、梅木家の財産をそっくり相続したうえで宗男は自由の身になれる。警部補が引っかかっているのは、その点なんですね」

「どうだ、サナやん。こいつは、事件《ヤマ》でもなければ犯罪でもない。まあ余計なお節介ってことになるけど、梅木宗男が今後どうするつもりでいるのか探ってみないか」

尾花警部補は、真田刑事のことを珍しく『サナやん』と呼んだ。

「やります。何の事件も抱えていないいまこそが、チャンスだと思います」

真田刑事は、立ち上がった。

「半月もすれば、梅木直美は退院するだろう。そうなったら、また自殺を図る。それを何とか、防ぎたいもんだ」

キューピーちゃんというニックネームが嘘のように、尾花警部補は険しい表情でいた。

真田刑事は、翌日の朝から動き出した。ペアを組んで行動するわけではなし、テクニックを要する捜査活動でもない。公務であっても、私用で歩いているような気がする。緊張感に欠けてしまうし、特に期待することもない。しかし、それでも真田刑事は、張り切らずにはいられない。尊敬する尾花警部補から、これをやってみろと指名されたことが嬉しかったのだ。

真田刑事は、築地に新築された東西薬品の本社ビルへ向かった。真田は本社の社員から、梅木宗男がいかなる人物かを訊《き》き出した。妻の自殺を防止する策を講ずるために夫の性格も知っておきたいと言うと、誰もが安心してよく喋《しゃべ》ったし驚くほど協力的であった。

直美の五度の自殺未遂は、本社内にも知れ渡っていた。宗男は、隠したがるほうである。どうやら梅木家のすぐ近くに住む社員が、情報源になっているらしい。

梅木宗男の評判は、すこぶるよかった。優秀、誠実、勤勉、真面目、温厚、やさしい、紳士といった褒め言葉を、真田は耳にタコができるほど聞かされた。

宗男に対して、特に女子社員たちが同情的だった。男子社員は、直美のことを自己中心主義の悪妻と評した。宗男が逃げ出して別居するのは当然、という意見が大勢を占めていた。

ただ宗男の女関係を、知る者はひとりもいなかった。宗男は港区西麻布の小さなマンションでひとり暮らしをしていると、社員たちはすっかり信じている。

真田は音羽亜矢子から、金持ちの未亡人と深い仲だという情報を仕入れた。フルネームまではわからないが、姓は『小見山』だと音羽亜矢子から聞かされていた。

だが、東西薬品の社員たちは、誰ひとりとして小見山なる女の存在を知らずにいる。それは愛人がいることに限り、宗男が極秘にしているという証拠であった。

午後になって真田は、都下府中市の東西薬品研究所へ足を運んだ。宗男は、研究所の企画部長に昇進していた。企画部長室で顔を合わせた梅木宗男は、なるほど知的で温厚な紳士だった。

「奥さんとは、離婚されるんですか」

「そんなことを、考えている暇はありません」

「しかし、完全な別居生活でしょう。別居を解消する可能性がなければ、離婚するしかありませんね」

「ぼくは、仕事の邪魔をされたくないだけなんです」

「もっとも離婚するよりも、奥さんが亡くなられるほうが早いかもしれませんね」

「妻の死を、期待するような人間ではないつもりです」

「いまのままだったら、奥さんは必ず死にますよ。いつまでも自殺が、未遂に終わるはずはありませんからね。次は自殺に、成功するかもしれない。それなのに、あなたは奥さんをひとりだけにして、ほっぽっておかれるんですからね」

「いつもそばにいて、直美を監視していろというんですか。もう、ぼくの手に負える直美じゃないんです」

「あなたと奥さんの仲は、去年の初めからうまくいかなくなっている。原因は、あなたの女性関係だそうですね」

「まさか！」

「あなたには、恋人なり愛人なりがおられるんでしょう」

「ぼくの性格として、不倫は好みません。独身と変わりない生活をしていますが、女性とはいっさい関係を持たないことにしていますよ」

「小見山さんを、ご存じでしょう」

「誰ですか」

「女性ですよ」

「小見山さんなんて、聞いたこともありませんね」

「奥さんも音羽亜矢子さんも、小見山さんを知っているそうですよ」

「何か、誤解しているんでしょう」

こういった話し合いが延々と続けられたが、得るところは何もなかった。宗男はあくまで優等生でいて、今後どうするのかという肝心な点については明確な答えを与えなかった。

女関係となると、宗男は頑強に否定した。小見山という女など、聞いたこともないで通した。妻が五度も自殺を図っているのに、夫は愛人との甘い生活にうつつを抜かしていた――。そのように世間の批判を浴びることを、誠実な紳士としては何よりも恐れているのに違いない。

その夜、十時をすぎてから真田は、西麻布のマンションへいってみた。マンションそのものはワンルームと察しがつくほど小さくて、いわばお粗末な建物だった。宗男の部屋には、明かりもついていない。

しかし、宗男の嘘もお粗末で、あっさりとバレることになった。マンションに隣接する邸宅の門の表札に、『小見山』とあったのである。そこで真田は、違法行為をやってのけた。

裏へ回って一・二メートルのフェンスを乗り越え、真田は小見山家の庭へ侵入したのだ。真田は樹木の蔭に身をひそめて、広々としたリビングでの光景を眺めやった。

煌々《こうこう》たる照明に、リビングには見えないものはなかった。大型のソファに腰を据えた全裸の男が、両足を踏ん張ってそっくり返っている。その男の下腹部に、これも全裸の女が膝を折ってまたがっていた。

男は紛れもなく、梅木宗男だった。女はもちろん、小見山家の主《あるじ》だろう。女の顔はよく見えないが、体型から察して四十に近い年齢と思われる。だが、肉感的な肢体の肌が、雪のように白かった。

二人とも湯上がりらしく、あたりにバスローブとバスタオルが散らばっていた。女は荒々しく、尻を上下させている。男と女が、結合状態にあることは確かだった。

女は伸ばした両手で男の腕をつかみ、大きくのけぞっている。泣き出しそうな顔で、口をパクパクさせていた。何やら叫んでいるのだろうが、ガラス戸が閉じてあるので外へは聞こえない。

冷房が利いているはずなのに、男女の裸身が汗で光っていた。女は後ろへ倒れ込みそうな姿になって、激しく腰を弾ませている。髪を振り乱して、首を左右に回すようにする。

「ああ……」

微かながら、女の絶叫が聞こえた。

女は男に、しがみついた。背中が、波打っている。尻が痙攣《けいれん》し、腰をよじるようにしているが、女の全身から力が抜けていることは察しがつく。

真田はとんでもないものを見物させられたという気持ちで、闇の中を移動した。フェンスを飛び越えるようにして、真田は小見山家に別れを告げた。

小見山姓の愛人がいることは、やはり事実だった。その小見山と宗男が、男女関係にあることも明白になった。表向き宗男はみすぼらしいマンションでのひとり住まいを装い、実は隣家で小見山と同棲しているのであった。

だが、そうしたことが明らかになっても、別に収穫にはならなかった。そこが、刑事の従事する捜査と違っている。これは、事件でも犯罪でもない。個人の私生活における秘密が、バレたのにすぎないのだ。

次の日、真田は尾花警部補に、見たこと聞いたことを報告した。それで、終わりである。これ以上はどうにもならないし、やるべきこともなかった。

しかし、世の中とは不思議なもので、良縁も悪縁も切れたようで切れていないのであった。人間には、因縁が付いて回る。そのために、予期せぬ出来事が起きる。

直美が間もなく退院という九月五日になって、目黒署から久我山署の交通課に電話がかかったのだった。

5

目黒署の管内で、追突事故を起こした学生がいて無免許だったために逮捕した。倉石総一郎、二十一歳で、無免許運転の常習犯であることが明らかになった。

そこで余罪を追及したところ、今年三月一日の夜八時すぎ杉並区善福寺二丁目の路上で幼女をはねて、そのまま逃げたことを倉石総一郎は自供した。

実際にそういう轢き逃げ事件が三月一日に、発生しているかどうか——。目黒署ではその点について、久我山署の交通課に問い合わせて来たのである。

その話を交通課から聞いた尾花警部補は、みずから目黒署を訪れることにした。轢き逃げ事件の記録持参の交通課の係長と、真田刑事が同行する。

目黒署で尾花警部補と真田刑事は、倉石総一郎を取調べた係官から自供の内容を聞き、調書も見せてもらった。ところが調書の一部に、奇妙なことが記されていたのだった。

私は前方に、人影があるのに気がつきました。大人の男性と幼女だと、見当がつきました。二人は向かって左側の歩道から右側の歩道へと、道路を横断して行きました。

当然、二人とも道路を渡り切るものと思ったので、スピードを落としませんでした。しかし、途中で幼女が抱えていた大きな包みを、落としたのです。

大人の男性が振り返って、路上の包みを指さしました。それで幼女はあわてて、包みを拾いに道路の中央へ戻ったのです。それがあまりにも急だったし、車との距離もありませんでした。

私は急ブレーキをかけましたが、間に合いませんでした。包みを拾おうとして屈《かが》み込んでいる幼女に、バンパーが激突したようです。私は幼女が、遠くまではね飛ばされるのを見ました。

それに右側の家の門から女性が飛び出して、大声で叫ぶのが聞こえました。そのうえ私は無免許で、缶ビールを三本ほど飲んでいました。

これは大変なことになると私は恐怖心に駆られ、車を急発進させるとそのまま逃走しました。幼女が拾おうとした大きな包みは、バンパーがはねたとき右横へ飛んでいったようです。


調書のこの部分に間違いはないかと、尾花警部補は倉石総一郎の取調べを担当した目黒署の二人の刑事に、何度も念を押した。もちろん目黒署の刑事の返事は、テープに吹き込まれている倉石総一郎の供述を聞いてもらってもいいということだった。

翌日の午前中に伊豆部長刑事と真田刑事が東西薬品の研究所へ赴き、珠美の轢き逃げ事件の参考人として梅木宗男に任意による出頭を求めた。病院へも伊東部長刑事と三上刑事が足を運び、同じことを直美に伝えた。

直美は健康体に近かったので、車椅子を使い看護婦が付き添うという条件で主治医が外出を許可した。宗男と直美は、久我山署で顔を合わせることになった。

署内に適当な場所がないので、取調室のひとつを使用することにした。中央のテーブルを挟んで、尾花警部補と宗男が着席する。窓際には車椅子にすわった直美、付き添いの看護婦、それに婦人警官がいる。入口のドアの前には、真田刑事が立っていた。

取調室の広さは、六畳ほどである。そこに六人の人間が詰めると、何となく窮屈で息苦しい。だが、その代わり取調室という暗い感じが、まるでしなかった。

「まず、梅木ご夫妻にお知らせがあります。珠美ちゃん轢き逃げ事件の犯人が、逮捕されました。倉石総一郎、二十一歳、学生ということです」

尾花警部補の顔は、キューピーさんそのものだった。

宗男がハッとなって、固くなったように肩を怒らせた。直美は車椅子から腰を浮かせたが、表情はほとんど変わらなかった。取調室の雰囲気は格別、明るくならないということであった。

「ご主人、ご感想は……」

尾花警部補は、テーブルのうえに乗り出した。

「まだ信じられないというか、ピンと来ません。しかし、もし事実だとしたら、これで珠美も浮かばれるとホッとします」

宗男は尾花の目を、見ようとしなかった。

「奥さんは、いかがです」

尾花は視線を、直美に移した。

「その男をできるものなら、殺してやりたいと思います」

直美は、つぶやくように言葉をこぼした。

「ですが、犯人が逮捕されたんだったら、事件は解決したんでしょう。それなのにどうして、ぼくらを参考人として呼んだりするんです」

宗男は、不満そうな口ぶりであった。

「真相解明のためですよ」

尾花は、ニッと笑った。

「犯人が逮捕されたんだったら、真相は解明されたはずでしょう」

宗男の目つきは、どことなく不安そうだった。

「三月一日の夜、あなたは西荻窪の駅前からタクシーで帰宅されましたね」

キューピーさんの笑顔は、見ようによっては不気味に感じられる。

「ぼくは車の運転をやらないので、よくタクシーを利用します」

「西荻窪の駅前で客待ちしているのは、杉並西部交通のタクシーがほとんどです。それで杉並西部交通の営業所に当たってみたんですが、果たして三月一日の夜八時ごろ駅前から自宅まで、あなたと思われる客を乗せたというタクシーが見つかりました」

「事実、杉並西部交通のタクシーで帰って来たんだから、当然でしょう」

「そのときは、すでに珠美ちゃんの事件が起きていたんですよね。近所の人たちが集まって来て、騒ぎが大きくなりつつあったんでしょ。そこへ帰ってこられたあなたは、犬の縫いぐるみの大きな包みを珠美ちゃんの遺体に立てかけるようにしたんだそうですね」

「そうですよ」

「ところが不思議なことにタクシーの運転手は、そんな騒ぎなんて見てもいないんだそうです。人影のない道路で、あなたを降ろしたっていうことでしてね」

「別のタクシーだったんじゃないんですか」

「そうそう。歩道に四歳ぐらいの女の子が立っていて、車を降りようとするあなたにパパって声をかけた。タクシードライバーは、そんなふうにも証言しています」

「ぼくには、覚えのないことですね」

「あなたのことをパパと呼ぶ四歳ぐらいの女の子となれば、珠美ちゃんを除いて世界にひとりもいないでしょう」

「ぼくは、知りませんね」

「ついでに付け加えておきますが、事故現場に集まって来ていた近所の人たちの中に、タクシーを降りるあなたも走り去る杉並西部交通のタクシーも、見かけたという者がひとりもいないんです」

「刑事さんはいったい、何が言いたいんですか」

「つまり、あなたが帰宅したのは事故の起きる前であり、そのとき珠美ちゃんはまだ立派に生きていたっていうことですよ」

「そんな馬鹿な……」

「あなたに、犯人が逮捕されたことについての感想を伺った。それに対してあなたは、とても信じられないのでピンとこないと答えられた。あれは、あなたの本音だったんでしょうね」

「本音……？」

「あなたは絶対に永久に、犯人は捕まらないと思っていた。犯人の顔や姿も車のナンバーも、目撃した者がいない。遺留物も発見されずに、手がかりゼロ。凶悪犯罪と違って、警察も大がかりな捜査をいつまでも続けない。逮捕されずじまいの轢き逃げ犯人は、世間にいくらでもいるじゃないかとあなたは安心しきっていた」

「安心していたってのは、どういうことなんですか！」

　宗男の声が、大きくなっていた。

「ところが、犯人が逮捕された。そう聞かされたあなたが信じられない、ピンとこないというのは当たり前です」

　尾花警部補は、同情するような眼差しで宗男を見やった。

「どうして犯人が捕まらないと、ぼくは安心していられるんです！」

憤然となったせいか宗男は、優等生から不良中年の人相に変わっていた。

「犯人が捕まらない限り、真相は闇の中だからですよ。犯人が逮捕されれば、すべてが明るみに出ます。倉石総一郎も知っていることは、残らず自供しました。あなたの嘘は、もはや通用しません」

尾花警部補も、もう笑ってはいなかった。

宗男は、沈黙した。目を伏せて、考え込んでいる。観念したのか、沈痛な面持ちでいる。
七、八分が経過して、宗男はようやく語り始めた。
「ぼくがタクシーを降りたところの歩道に、確かに珠美が立っていました。ぼくがプレゼントするはずの犬の縫いぐるみが楽しみで、珠美は待ち受けていたんでしょう」

宗男はすぐに、犬の縫いぐるみを珠美に渡した。宗男と珠美は、タクシーが走り去ったあとの道路を渡った。しかし、途中で珠美は、抱えきれないほど大きな包みを落としてしまった。

南の方角からスピードを上げて走ってくる車のライトに、珠美も気づいていた。それで珠美もいったんは、包みをそのままに宗男のあとを追って来た。

だが、車に轢かれて縫いぐるみが押し潰《つぶ》されるのを恐れたのか、珠美はいきなり逆戻りして道の真ん中へ飛び出していった。『車だ、危ない！』と宗男が向き直って、車を指さしたのはそのときのことである。

乗用車のタイヤが急ブレーキに上げる悲鳴と、ドンという音が同時に聞こえた。珠美は前方の左寄りにはね飛ばされてコンクリートの塀に叩きつけられ、縫いぐるみの包みは宗男の足もとへ飛んで来た。

その瞬間に宗男はなぜか、この事故にかかわりたくないと思った。宗男の責任とされるのを、恐れたのかもしれない。宗男は縫いぐるみの包みを拾い上げると、天然記念物扱いを受けている松の古木の二股《ふたまた》になった部分に身をひそめた。

梅木家の門から走り出た直美が、何やら叫びながら珠美のところへ駆け寄った。急発進した黒塗りの乗用車は、猛スピードで闇の中へ消えた。

普段から宗男は何度も、珠美をひとりで門の外へ出すなと直美に注意している。今夜の事故も直美が、珠美の監視を怠ったためといえる。直美がほったらかしにしておいたから、珠美の死を招く結果となった。

すべて、直美の責任だということにする。そうなれば小見山ヒロミとの不倫についても、直美はとやかく言えなくなると宗男はひとつの結論を出した。

そのあと宗男は松の古木を離れて、近所の人々が築いている人垣に近づいた。宗男は驚愕して茫然《ぼうぜん》となった父親を装い、珠美の遺体に縫いぐるみの包みをそっと供えた。

珠美の初七日がすんでから、宗男に責められ続けた直美は死にたがる女になった。しかし、何度も自殺を図りながら、すべて未遂騒ぎに終わる。これには、宗男のほうが耐えられなかった。

三度の自殺未遂のときに、宗男は逃げ出して別居することにした。マンションでのひとり暮らしをカムフラージュに、宗男は小見山ヒロミの家に転がり込んだのである。

そのころから宗男は、直美がいつ死んでも構わないという気持ちになっていた。直美が死ねば、宗男は梅木家の財産を相続したうえで独身に戻れるのだ。

そんなに死にたければ、いつでも死ぬがいい。そういう宗男の思いは次第に、直美の未遂ではなく確実な自殺を期待するようになっていた。

「ぼくは妻の自殺願望と同様に、妻が自殺することを願望していたようです」

宗男は、放心したような顔つきでいた。

「あなたは奥さんだけではなく、実の娘さんへの愛情にも欠けていたんですね。しかし、これは刑事事件でもなし、あなたは犯罪者じゃありません。どうも、ご苦労さまでした。どうぞ、お引き取りください」

椅子にすわったままで、尾花は言った。

梅木宗男は席を立って、取調室を出ていった。誰の顔にも目をやらず、もちろん黙って姿を消したのであった。

「さて、これで自殺がいかに無意味だったか、おわかりだと思います。奥さん、六度目の自殺は是非やめてください」

尾花警部補は、直美に向かって頭を下げた。

「珠美のそばへいってやりたいという気持ちは、いまでも変わりありません。でも、人間っていうのは不思議なもので、宗男みたいな憎むべき相手がこの世にいるとなると、絶対に自殺する気にはなれません」

泣くどころか、直美の表情は厳しかった。

本書は2000年2月徳間文庫として刊行された『真犯人《ホンボシ》』を改題いたしました。なお、本作品はフィクションであり実在の個人・団体などとは一切関係がありません。

徳間文庫

死《し》にたがる女《おんな》

2019年12月15日 初刷

著者 笹《ささ》沢《ざわ》左《さ》保《ほ》

発行者 平野健一

発行所 東京都品川区上大崎三―一―一 〒141―8202
目黒セントラルスクエア
株式会社徳間書店

電話 編集〇三(五四〇三)四三四九
販売〇四九(二九三)五五二一

振替 〇〇一四〇―〇―四四三九二

印刷
製本 大日本印刷株式会社

ISBN978-4-19-894518-3 (乱丁、落丁本はお取りかえいたします)

徳間文庫の好評既刊

岸田るり子

Fの悲劇

絵を描くことが好きな少女さくらは、ある日、月光に照らされて池に浮かぶ美しい女性の姿を描く。その胸にはナイフが突き刺さっていた。大人になった彼女は、祖母に聞かされた話に愕然とする。絵を描いた二十年前、女優だった叔母のゆう子が、京都の広沢の池で刺殺されたというのだ。あの絵は空想ではなく、実際に起きた事件だったのか？　さくらは、叔母の死の謎を探ろうとするが……。